A HAMBOURG,

chez F. Perthes, rue Jungfernstieg No. 22.

A LUBECK,

chez M. Michelsen, rue Schüsselbuden No. 197.

FABLES

TRADUITES ou IMITÉES

DE L'ALLEMAND

ET

MISES EN VERS

PAR

C. DE LA JONCHÈRE.

A PARIS

chez J. E. DARGENT, Libraire,
rue de l'Odéon No. 34.

1812.

FABLES
TRADUITES OU IMITÉES
DE L'ALLEMAND.

1.

LE CERF ET LE TAUREAU.

Le cerf et le taureau paissoient de compagnie,
    Un matin, dans une prairie.
Ami, dit le dernier, tu sais que le lion
    Rôde par fois dans ce canton;
    S'il lui prenoit la fantaisie
De s'attaquer à nous, crois-moi, n'ayons pas peur ;
Nous lui ferons bien voir que nous avons du cœur.
    Tu peux tout seul lui tenir tête,
Lui répondit le cerf, je t'en laisse l'honneur:
    Quant à moi, je serois bien bête,
De m'engager sans but et sans nécessité,
    Dans un combat de cette espèce;
    Tandis que, grâce à ma vitesse,
Je puis en quatre sauts me mettre en sûreté.

LESSING.

A 2

2.

L'ÉPERVIER ET LE ROSSIGNOL.

Un farouche épervier fondit à tire d'aile,
   Sur un rossignol dont la voix
Charmoit dans ce moment le silence du bois.
   Vraiment, dit la bête cruelle,
Un si rare talent te donne bien du prix;
   Et quand on a la voix si belle,
On ne sauroit manquer d'être d'un goût exquis.
Étoit-ce de sa part un cruel persifflage,
   Ou seulement simplicité?
   Je n'en sais rien en vérité;
Mais j'entendis hier un certain personnage
S'écrier tout à coup, en lisant un ouvrage:
Que ces vers sont jolis! la femme qui les fit,
Doit être, sur mon âme, une femme charmante!
   Et sa louange extravagante
N'étoit pas, sur la mienne, une preuve d'esprit.

Lessing.

3.

LE CHÊNE ET LE PORC.

—

Voyez ce lourd pourceau, cet animal grossier !
  Disoit un jour un chêne altier :
De mon fruit, sous mes yeux, l'ingrat se rassasie,
Sans que jamais les siens daignent, en me fixant,
  Me dire : je te remercie !
Moi, te remercier ! dit le porc en grognant :
Et quel bien m'as-tu fait, qui mérite un salaire ?
Si tu t'étois pour moi dépouillé de ton gland,
  Ce seroit toute une autre affaire.

LESSING.

4.

LE ROSSIGNOL ET LE PAON.

Quoi ! jamais je ne trouverai,
Parmi les hôtes du bocage,
Que des censeurs jaloux ! jamais je ne pourrai
Rencontrer un ami ! fuyons leur voisinage !
Disoit avec tristesse un tendre rossignol.
Allons chercher ailleurs, dans un lieu moins sauvage,
Ce précieux trésor ! Soudain prenant son vol,
Il va trouver le paon. Que ton joli plumage
Me charme ! lui dit-il. Celui-ci lui répond :
Combien j'aime le doux ramage,
Dont la nature t'a fait don !
Eh bien, s'il est ainsi, que l'amitié nous lie !
Reprend le rossignol ; aucun sujet d'envie
Ne peut troubler notre union.
Vois quel destin sera le nôtre !
Nous trouverons partout des oreilles, des yeux,
Prêts à nous admirer, et sans qu'aucun des deux
Ait à craindre jamais d'être oublié pour l'autre.
Le paon, comme on s'en doute, étoit du même avis ;
Aussi, dès cet instant, furent-ils bons amis.

L'amitié ne réunit guère
Gens de même profession :
Pope avoit dans Kneller un ami plus sincère
Que dans son rival Addisson.

LESSING.

5.

LE CHEVAL ET LE TAUREAU.

Monté par un enfant, un vigoureux coursier,
Marchoit d'un pas docile et leste,
Obéissant au moindre geste
De son pétulant cavalier.
Un taureau farouche et grossier,
Comme tous ses pareils, y trouvant à redire,
Lui cria : n'es tu pas honteux,
Par un enfant, par un morveux,
De te laisser ainsi conduire ?
Honteux ! dit le cheval, je ne vois pas pourquoi ;
Sans doute, si j'étois aussi brutal que toi,
Si je trouvois plaisir à nuire,
Je pourrois sans effort et même sans danger

Jeter bas cet enfant, qui n'a que sa foiblesse,
   Pour se défendre ou se venger :
Mais où seroit l'honneur d'une telle prouesse ?

LESSING.

6.

L'AVARE.

Qu'ai-je fait au destin ! Suis-je assez malheureux ?
Disoit un harpagon, s'arrachant les cheveux :
Le trésor que j'avois caché là dans la terre,
Un voleur me l'a pris, et l'indigne fripon
   A mis à la place . . . . une pierre !
   Tu te désoles sans raison,
Lui dit un sien voisin ; car après tout, compère,
   A quoi t'auroit servi ton or ?
   Ton malheur n'est qu'imaginaire.
Mets toi bien dans l'esprit que c'est là ton trésor ;
Et tu n'a rien perdu du tout. A la bonne heure ;
   Lui repartit l'homme aux écus ;
Mais ce que j'ai de moins, un autre l'a de plus ;
Un autre... ah ! juste ciel ! il faudra que j'en meure !

LESSING.

7.

LA CIGALE ET LE ROSSIGNOL.

———

Tu diras ce que tu voudras,
  Disoit un jour une cigale,
Parlant au rossignol; je sais que rien n'égale
La douceur de ta voix, mais il ne s'en suit pas
Qu'il faille, pour cela, perdre toute espérance
    De trouver des admirateurs.
    La preuve de ce que j'avance,
    C'est que je vois les moissonneurs,
Souvent, pour m'écouter, laisser là leur ouvrage:
    Et sans contredit le suffrage
De gens si précieux à la société,
Doit être en ma faveur de quelque autorité.
Je ne disconviens pas de leur utilité,
Repart le rossignol, mais en tout cas la chose
Ne prouve rien du tout en faveur de ta cause:
    De bonnes gens, que leurs besoins
    Forcent à se livrer sans cesse,
    A des travaux dont la rudesse
Demande tout leur tems, exige tous leurs soins,
Doivent être bien loin d'avoir cette finesse,

Ce tact dont la délicatesse
Sait, en l'appréciant, juger le vrai talent.
Attends donc, pour vanter ton chant,
Que, sans qu'il puisse s'en défendre,
Le berger, à ta voix, obligé de suspendre
Les sons touchans, harmonieux,
Que dans l'oisiveté sa flûte apprit à rendre,
T'ait laissé lire dans ses yeux,
Le plaisir qu'il trouve à t'entendre.

LESSING.

8.

LA CORNEILLE.

Je ne m'étonne plus, dit un jour la corneille,
Si les petits de l'aigle ont les yeux si perçans,
S'ils sont si beaux, si bien-portans.
Ce qui jusqu'à présent m'avoit semblé merveille,
N'est, à ce dont je m'apperçois,
Qu'une chose fort ordinaire:
Cela vient de ce que la mère
Couve ses oeufs pendant un mois.
Je veux en faire autant. En effet elle passe,

Depuis lors, à couver, juste le même tems ;
Mais jamais ses petits n'en sont, quoiqu'elle fasse,
Ni plus beaux, ni plus clairvoyans.

Lessing.

9.

LE LIÈVRE ET LE LION.

Sire lion avoit, en parcourant les bois,
  Fait par hasard la connoissance
D'un lièvre fort cocasse, à qui, par complaisance,
  Il daignoit parler quelquefois.
  Est il vrai, comme on le débite,
  Lui disoit un jour celui-ci,
Que d'un malheureux coq le pitoyable cri
  Suffise pour vous mettre en fuite ?
Rien n'est plus vrai, répondit le lion,
  Souriant de la question ;
  Et ta surprise me rappelle
  Une remarque universelle,
  Que l'on a faite à ce propos :
  C'est que tous les grands animaux,

A peu de chose près, ont la même foiblesse
    Que l'on reproche à notre espèce.
    Il n'est pas un petit enfant,
    Qui ne sache que l'éléphant,
Malgré toute sa force, et sa taille imposante,
Tremble de tout son corps, aussitôt qu'il entend
Le grognement d'un porc. Ah! l'histoire est plaisante!
    Dit le lièvre, en l'interrompant :
Je ne m'étonne plus, si la chose est réelle,
Que moi, comme aussi tous les miens,
    Dès que nous entendons les chiens,
Nous nous sentions saisis d'une frayeur mortelle.

LESSING.

10.

LE RENARD ET LE CHÊNE.

Secondé par le tonnerre,
    Un ouragan furieux
    Avoit renversé par terre
    Un chêne, qui jusqu'aux cieux
    Levoit encore naguère

Son sommet majestueux.

Un Renard du voisinage,

Qui le vit après l'orage,

S'écria tout à coup, en le considérant :

Ce chêne ne m'avoit jamais paru si grand !

LESSING.

11.

LE LOUP ET L'ÂNE.

Un loup dévoré par la faim,

C'est chez Messieurs les loups un cas très ordinaire,

Etoit sorti de grand matin,

Espérant bien trouver quelque capture à faire.

En effet le hasard le servit à souhait.

A peine il avoit pris sa course,

Il rencontre un pauvre baudet,

Qui, se voyant surpris, pour dernière ressource

Voulut, avant que de mourir,

Essayer si du moins il pourroit attendrir

Son fier et robuste adversaire.

Tu vois, dit-il, un pauvre hère,

Un malheureux estropié !

Un caillou qui m'entra l'autre jour dans le pié,
M'a mis dans cet état, et le mal que j'endure,
  Si tu pouvois t'en faire la peinture,
    J'en suis sûr, te feroit pitié.
Vraiment, je suis touché de ta longue souffrance!
    Dit le loup, et ma conscience
M'impose le devoir de porter à tes maux
Un remède à la fois et prompt et salutaire.
    A peine il achevoit ces mots,
    Que l'âne étoit déja par terre.

Lessing.

12.

LE SAULE ET LE BUISSON.

Le saule dit un jour: je voudrois bien savoir,
    Pourquoi, du matin jusqu'au soir,
Aux habits des passans le buisson fait la guerre?
    Car enfin il n'en a que faire,
Et je ne pense pas qu'il veuille s'en parer.
Aussi, dit le buisson, qui venoit de l'entendre,
    Mon dessein n'est pas de les prendre;
    Je ne veux que les déchirer.

Lessing.

13.

LE CHERCHEUR DE TRÉSORS
ET LE HIBOU.

Ce chercheur de trésors étoit, à mon avis,
D'une injustice extrême. Un jour, par aventure,
Il vit, au fond d'une masure,
Un hibou dévorant une pauvre souris.
Que vois-je! lui dit-il, le philosophe austère,
Dont Minerve a daigné faire son favori,
Oublie ainsi son caractère!
Vraiment, répondit celui-ci,
Je te trouve plaisant, avec ta remontrance!
Quoi! parceque dans le silence
J'aime à méditer quelquefois,
S'ensuit-il de là que je dois
Me nourrir d'air et vivre d'abstinence?
Je sais bien toute-fois que la plûpart du tems,
Vous hommes tous, tant que vous êtes,
Voulez à ce régime astreindre vos savans;
Mais nous autres hiboux ne sommes pas si bêtes.

LESSING.

14.

LE VIEUX CERF ET SES PETITS ENFANS.

Figurez vous un peu mon âge!
Disoit un jour un cerf à ses petits enfans:
Je me rappelle encor le tems,
Où l'homme d'arme à feu ne faisoit point usage.
Oh! l'heureux tems que celui-là!
Crièrent les enfans, du ton de la surprise.
Heureux! ah! mes amis, reprit leur grand-papa,
Le tems, s'il faut que je le dise,
N'en valoit pas mieux pour cela.
Toujours ingénieux, quand il s'agit de nuire,
Nos implacables ennemis
Se servoient, au lieu de fusils,
D'arcs et de traits, pour nous détruire;
Et nous n'étions pas mieux, si nous n'étions pas pis.

LESSING.

15.

LE RENARD ET LE MASQUE.

—

En allant à la découverte,
Le renard apperçut un masque et s'arrêta,
Pour le considérer. La tête que voilà,
Sans cervelle, dit-il, la bouche grande ouverte,
    N'auroit-elle point par hasard
Appartenu jadis à quelque babillard!
Discoureurs ennuyeux, dont la langue diserte
    Parle toujours sans dire rien,
    Ce renard vous connoissoit bien!

LESSING.

—

16.

LES MOINEAUX.

—

Dans les murs délabrés d'une vieille bâtisse,
    Des moineaux avoient fait leurs nids,
Quand il prit fantaisie au maître du logis
De faire incessamment réparer l'édifice.

B

Aussitôt la truelle et la hache à la main,

Charpentiers et maçons se mettent à l'ouvrage,

Et font un tel tapage,

Qu'ils forcent les moineaux de déloger grand train

Et de fuir au loin dans la plaine,

Quittant à regret un séjour

Que tous avoient jusqu'à ce jour

Regardé comme leur domaine.

Enfin au bout d'une semaine,

Le bruit ayant cessé, les voilà d'accourir.

Chacun d'eux se fait un plaisir

De revoir, d'habiter son ancien domicile :

Mais quel contretems désastreux !

Tous les trous sont murés, pas le plus petit creux

Qui puisse leur servir d'asile ;

Si bien qu'après un long et stérile examen,

L'un des plus mécontens cria tout en colère :

Reste ici qui voudra, pour moi je pars soudain.

Partons ! reprit la troupe entière,

Allons nous en, car aussi bien,

Ce gros vilain monceau de pierre

N'est plus désormais bon à rien.

LESSING.

17.

LE MORT ET LE TRÉSOR.

On venoit de porter en terre
Un malheureux que la misère
Avoit persécuté jusqu'au dernier moment.
Dans un coin de sa sépulture,
Étoit caché par aventure
Un trésor qui probablement
L'eût fort accommodé, quand il étoit vivant.
O fortune ! dit-il, voilà de tes caprices !
Lorsque nous t'invoquons, tu te ris de nos voeux ;
Et pour prix de nos sacrifices,
Tu viens nous offrir tes services,
Quand nous n'avons plus besoin d'eux.

18.

LES DEUX POULES.

Après avoir par accident
Entièrement perdu la vue,
Une poule bonasse alloit toujours grattant.
Une autre à ses côtés pendue,
L'accompagnoit partout, au jardin, dans les champs,
Et sans se fatiguer, vivoit à ses dépens;
Car aussitôt que la première
Avoit déterré quelque grain,
Celle-ci qui la voyoit faire,
Le croquoit et n'en disoit rien.
Laborieux par caractère,
L'allemand étudie, observe, approfondit;
Et sans se rebuter, prépare la matière
Dont son adroit voisin sait faire son profit.

LESSING.

19.

LE CERF ET LE RENARD.

Malheur à nous! Malheur à notre espèce!
   Disoit un cerf avec tristesse.
Qu'allons nous devenir, nous pauvres animaux,
   Qui n'avons que notre innocence,
   Pour nous soustraire à tous les maux
   Dont nous menace l'alliance
Que le lion, dit-on, a faite avec le loup?
   C'est sans contredit pour le coup,
   Que nous pouvons nous dire à plaindre.
Je ne vois pas pourquoi nous aurions tant à craindre,
   Dit le renard qui l'entendit:
   Car l'un hurle, l'autre rugit:
Et nous aurons dès lors, en songeant à la fuite,
Un moyen sûr et prompt d'éviter leur poursuite.
Mais si le sort vouloit que l'on vît réunis,
   Ceux dont l'union te chagrine,
Et le linx clairvoyant, qui marche à la sourdine,
   Je serois bien de ton avis.

LESSING.

20.

LA CICOGNE ET LE MOINEAU.

———

En passant auprès d'une église,
Une cicogne fut surprise,
De voir qu'un limaçon s'étoit allé percher,
Tout au haut du clocher.
Je voudrois bien savoir, dit notre aventurière,
Comment a fait cet escargot,
Pour atteindre un poste aussi haut.
Un moineau l'entendit, et lui dit: ma commère,
On voit bien à votre discours,
Que dans ce pays-ci vous êtes étrangère;
Cet insecte a rampé, voilà tout le mystère:
Nous en voyons autant arriver tous les jours.

———

21.

L'OIE.

Une oie effaçoit en blancheur
La neige encor toute nouvelle,
Et fière de l'éclat que répandoit sur elle
Ce don de la nature, elle crut qu'une erreur
Avoit fait jusques là, qu'on l'avoit méconnue
Et par la même confondue
Avec ces vils oiseaux que leur condition
Condamnoit à traîner une existence obscure.
Car plus j'y fais réflexion,
Disoit-elle, et plus je suis sûre,
Que de moi la sage nature
A voulu faire un cygne et non pas un oison.
Après cette belle oraison,
Qui peint toute sa modestie,
Elle quitte sa troupe et la voilà partie,
Nageant seule autour de l'étang,
Avec la gravité qui convient à son rang.
Tantôt elle tend avec force
Son cou, dont le peu de longueur

La vexe et la trahit; tantôt elle s'efforce,
    Pour en déguiser la roideur,
    De lui donner cette courbure
    Pleine de grâce et de grandeur,
Qui fait sans contredit la plus belle parure
De l'oiseau qu'Apollon chérit si justement:
    Mais ce fut inutilement.;
Loin d'atteindre à la fin que s'étoit proposée
    Cette orgueilleuse, tous ses soins
Ne firent que la rendre un objet de risée,
Pour ceux qui d'aventure en étoient les témoins.

Lessing.

———

22.

L'ÂNE ET LAFONTAINE.

—

Rencontrant un jour Lafontaine,
    L'âne lui dit, en l'abordant:
Tu m'as fait maintes fois paroître sur la scène;
    Pourquoi donc, Monsieur le plaisant,

Ne m'as tu fait, jusqu'à présent,

Dire encore que des sottises?

Lorsque tu me mettras aux prises

Avec d'autres, dorénavant,

Mets dans ma bouche, je t'en prie,

Quelque bon mot, quelque saillie,

Qui démente l'opinion

Qu'on a prise de moi, sur la foi de ton dire,

Et sur d'autres objets dirigeant la satire,

Me rende, s'il se peut, ma réputation.

Je m'en garderai bien, repart le fabuliste;

Car si le monde l'entendoit,

On me prendroit pour l'âne, et toi, méchant baudet,

Passerois pour le moraliste.

LESSING.

23.

LE MÉROPS.

Toi, qui passes pour être un vrai puits de science,
   Demandoit un jour au hibou,
   Un aiglon de sa connoissance,
En voyant le penseur méditer dans son trou,
Est-il vrai, comme croit et prétend le vulgaire,
Qu'il existe un oiseau.... Son nom finit en ops,
C'est, si je m'en souviens, le mé...oui, le mérops,
   Qui, lorsqu'il veut quitter la terre,
Vole, la tête en bas, et la queue en avant?
   C'est un conte de ma grand'-mère,
   Lui répond l'autre en souriant,
   Une des fables ridicules,
   Que, dans ses instans de loisir,
   L'homme forge, pour divertir
   Les sots qui sont toujours crédules.
   Dans cette étrange fiction,
   Enfant de sa folle cervelle,
   Je suis même d'opinion
   Que, sans y faire attention

Lui même il s'est pris pour modèle:
Car en effet je me rappelle,
Qu'on le voit assez fréquemment,
Menaçant de franchir la nüe,
S'élancer vers le firmament,
Mais toujours sans perdre de vue
La terre qu'il ne peut oublier un moment.

LESSING,

24.

LE MOUTON ET LE RENARD.

Pour éclairer certaines gens,
Envain vous feriez des miracles:
La routine et l'exemple ont été de tous tems,
Et seront toujours leur oracles.
Un renard sortant d'un taillis,
Devant lequel passoit un troupeau de brebis,
Qu'on menoit à la boucherie,
Apperçut un mouton qui s'étoit arrêté,

Pour goûter en passant l'herbe d'une prairie,
   Et d'un pas précipité,
   Rejoignoit sa compagnie.
Où vas-tu? cria-t-il à l'animal bêlant;
   Ne vois tu pas, pauvre imbécille,
   Que tu cours toi-même au devant
De la mort qu'on prépare à toute ta famille?
   Crois mois, prends un autre chemin,
Puisqu'il ne tient qu'à toi d'éviter ta disgrace.
L'autre lui répondit, allant toujours son train:
   De ton conseil je te rends grace:
Il se peut en effet que je sois menacé,
Du même sort que ceux dont j'ai suivi la trace
Mais enfin par ici puisque tous ont passé,
   Il faut aussi moi que j'y passe.

25.

LES DEUX ÂNES.

L'âne, dont a parlé le père de la fable,
    Et dont il emprunte le nom,
Chaque fois qu'il veut peindre un sot, un fanfaron,
    Ou quelque chose de semblable,
Accompagnoit un jour Messire le lion,
    Dans certaine expédition,
Où sa bruyante voix, remplaçant la trompette,
Devoit aux animaux faire fuir leur retraite.
    Il rencontre sur son chemin
    Un âne de sa connoissance,
    Qui l'aborde avec confiance,
    Et lui dit : bon jour, mon voisin,
Où vas tu de ce pas ? où je vais ! que t'importe ?
Lui répond celui-ci ; sache au surplus, faquin,
Qu'on n'appelle point tu, les êtres de ma sorte !
L'autre, sans s'étonner, lui replique : et pourquoi
Ne le ferois-je pas ? crois tu m'apprendre à vivre ?
Quoi ! parcequ'un lion te permet de le suivre,
En es-tu moins un âne, et vaux tu mieux que moi ?

LESSING.

26.

LE PHÉNIX.

Après plusieurs siècles d'absence,
Le phénix qui savoit que de certains oiseaux
Osoient ouvertement nier son existence,
    Profita de la circonstance,
Pour faire, en se montrant, cesser tous leurs propos.
    Aussitôt que de sa venue,
    La nouvelle fut répandue,
Ils accourent en foule, et les plus empressés
    Furent, comme on s'en doute assez,
    Ceux qui l'avoient le moins prévue.
    Qu'on juge de l'impression,
    Que sur la foule émerveillée,
Fit au premier moment son apparition !
Un même sentiment pénètre l'assemblée,
Et l'on n'entend partout qu'une acclamation :
    Quel prodige ! quelle merveille !
    Mais dès que la sensation
Qu'avoit produite en eux sa beauté sans pareille,
Eut permis quelque accès à la réflexion,

On vit à l'admiration
Succéder la pitié; les uns avec tristesse
Détournent leurs regards; bientôt tous attendris,
Disent: L'infortuné, tout seul de son espèce,
Doit vivre sans compagne ainsi que sans amis!

LESSING.

27.

LE MULOT ET LA FOURMI.

Que je te plains! disoit avec dédain,
A la fourmi, le mulot son voisin.
Tu te donnes beaucoup de peine,
Pour amasser quoi? . . . presque rien.
Si tu voyois comme ma grange est pleine!
Moi, répond la fourmi, je borne tous mes soins
A pourvoir à ma subsistance:
Quant à toi, si ta prévoyance
Va plus avant que tes besoins,
Je ne m'étonne plus que l'homme se conduise
Envers tous tes pareils, comme il fait fréquemment,

Qu'il vous poursuive et qu'il détruise
Vos magazins, finalement,
Qu'il se venge sur vous, en vous ôtant la vie,
Du tort que fait à la société,
L'insatiable avidité
Que vous nommez économie,
Et dont vous avez la folie,
De tirer encor vanité.

LESSING.

28.

LES DEUX PUCELLES.

Près d'un libraire bien connu,
Un Bouquiniste étoit venu
Un beau matin lever boutique.
Croyant attirer la pratique,
Et faire niche à son voisin,
Il avoit habillé d'un riche maroquin,
Tout doré devant et derrière,
La pucelle de Chapelain,
Tandis que celle de Voltaire,

Couverte

Couverte d'un gros parchemin,
Se débitoit chez son confrère.
Le pauvre homme enrageoit, de voir que les passans
A celle du voisin donnoient la préférence ;
Mais il eut beau crier, reprocher aux chalands
Leur mauvais goût, leur peu d'intelligence,
Il en fut pour ses cris et sa folle dépense.
L'esprit et le talent, cachés sous des haillons,
N'en sont pas moins recommandables ;
Mais tous les sots sont méprisables,
Fussent ils couverts de galons.

29.

LE RENARD ET LE BUISSON.

Au moment où les chiens étoient près de le prendre,
Un renard grimpa sur un mur.
Ce n'étoit pas le tout, pour se mettre en lieu sûr,
Il falloit encore en descendre :
Le chasseur approchoit, il pouvoit l'y surprendre.
Dans sa juste frayeur, il eût risqué le saut ;

Mais de l'autre côté le mur étoit bien haut.

    Le pauvre diable se démène,

    Va, vient, s'agite, fait cent tours;

    Lorsqu'un buisson qui voit sa peine,

    Lui fait très poliment offre de son secours.

    Pour l'instant, l'autre qui ne pense

    Qu'au moyen de sauver ses jours,

Ne se fait pas prier, saute sans défiance

    Dans les bras de son bienfaiteur.

    S'il en fut quitte pour la peur,

Du moins paya-t-il cher cet important service;

Car il fallut laisser à son libérateur,

    Plus des trois quarts de sa pelisse.

Ainsi que ce buisson, que d'hommes obligeans,

Qui pour les dépouiller, rendent service aux gens!

LESSING.

30.

LES FRÊLONS.

———

Atteint par un plomb meurtrier,
Au moment où son cavalier,
Cédant à son ardeur guerrière,
Chargeoit les ennemis, un superbe coursier
Etoit resté sur la poussière.
La nature que nous voyons
Toujours active à reproduire,
Par de sages précautions,
Répand dans tous les corps, avant de les détruire,
Les semences dont sa main tire
De nouvelles productions.
C'est ainsi que l'on vit s'élever plein de vie,
Et sortir comme par magie,
De ce cadavre infect, un essaim de frêlons.
Rendons grâces à la fortune !
S'écrièrent-ils à l'envi :
C'est le noble cheval, c'est celui que Neptune
A choisi pour son favori,

A qui nous devons l'existence !
Le fabuliste qui voit tout,
Et qui met à profit la moindre circonstance,
Voulut entendre jusqu'au bout
Leur vain babil et leur jactance.
Voilà bien, disoit-il, riant de leurs propos,
Les romains d'aujourd'hui, qui vont jusqu'à se croire
Les descendans et les rivaux
De ces anciens romains si fameux dans l'histoire,
Sans autre titre à cette gloire,
Que d'être nés sur leurs tombeaux.

LESSING.

31.

LES ÂNES SE PLAIGNANT À JUPITER.

Las de s'entendre accuser d'indolence,
D'être souvent battus et toujours maltraités,
Les ânes à la fin perdirent patience,
Et chargèrent des députés
D'aller porter leur plainte au maître du tonnerre,
Et de le supplier d'adoucir leur misère.

Ceux-ci donc s'étant présentés,

Jupiter, dit l'un d'eux, souffriras-tu que l'homme,

Sans cesse et sans raison nous batte, nous assomme,

Et non content de nous rouer de coups,

Nous charge de fardeaux que porteroient à peine

Des animaux plus grands, plus robustes que nous?

Ce n'est pas tout, cette race inhumaine

Exige encor de nous une célérité,

Que toi même n'as pas, dans ta haute sagesse,

Cru devoir départir à ceux de notre espèce.

Nous le disons ici dans toute humilité:

Nous ne refusons point de lui rendre service,

Puisque telle paroît être ta volonté;

Mais ordonne qu'il en agisse

Avec moins d'inhumanité,

Surtout avec plus de justice,

Si l'homme est toutefois capable d'équité.

Après avoir bien écouté,

Tout ce qu'ils venoient de lui dire,

Jupiter fut tenté de rire,

Mais il se contraignit, et leur dit: en effet,

Si la chose est ainsi, vous avez grand sujet

De n'être pas contens et partant de vous plaindre;

Cependant, mes amis, je vous le dis tout net,

Entre nous il est fort à craindre

Que les hommes jamais ne soient désabusés
Sur ce qui leur paroit en vous de la paresse :
Or tant qu'ils le croiront, vous serez exposés,
A rencontrer chez eux la même impolitesse.
Peut-être est-il moyen d'arranger tout ceci ?
Attendez ... oui ... tenez ... justement m'y voici !
A compter de ce jour, je vous donne en partage
L'insensibilité ; votre dos endurci,
Du fouet et du bâton repoussera l'outrage,
Et lasserra le bras de votre conducteur.

   Grand Jupiter, s'écria l'orateur,
     La sagesse et la prévoyance,
     La justice et la bienveillance,
     Brillent dans tout ce que tu fais !
Les ânes, à ces mots, tirant leur révérence,
     S'en retournèrent satisfaits,
     Et s'applaudissant d'un succès,
Qui passoit, disoient-ils, toute leur espérance.

LESSING.

52.

L'OURS ET L'ÉLÉPHANT.

La sotte engeance que les hommes!
Disoit un ours; en vérité,
A voir la complaisance et la docilité
Qu'ils exigent de nous, bien dupes que nous sommes,
Ne s'imagineroit-on pas
Que sans distinction nous naissons ici bas,
Pour les menus plaisirs de cette race altière?
Moi, par exemple, moi, qui suis par caractère
L'animal le plus grave et l'ennemi juré
De toute raillerie, il faut, bon gré malgré,
Qu'en marchant sur deux pieds, j'observe la cadence,
En un mot, il faut que je danse,
Au son de l'instrument maudit
Qu'ils appellent tambour, et qui sans contredit
Fut inventé pour mon suplice.
Peut-on s'imaginer plus bisarre caprice?
Les traitres savent cependant,
Combien peu je suis propre à ce sot exercice;
Autrement riroient-ils? Mon cher, dit l'éléphant,

Je danse aussi parfois au son de la musique,

    En dépit de mon embonpoint,

    Et cependant on ne rit point.

    Si donc tu veux que je m'explique

    Un peu franchement sur ce point,

    Je te le dis en confidence :

Ce n'est pas justement à cause de la danse,

    Que l'homme rit à tes dépens,

    Mais c'est de voir que tu t'y prends

    Avec si peu d'intelligence.

LESSING.

33.

L'AIGLE ET LA CORNEILLE.

Un aigle s'apprêtoit à faire un bon repas

D'une huître qu'il venoit de trouver sur l'arêne.

Le Sire étoit à jeun, une huître en pareil cas

Peut encore passer pour une bonne aubaine ;

Mais il falloit l'ouvrir, c'étoit là l'embarras.

La corneille voyant qu'il étoit fort en peine,

Conçut aussitôt le dessein
De s'emparer du coquillage,
Et de s'en régaler : Or voici le moyen
Qu'elle crut sans danger pouvoir mettre en usage :
Je vois, dit-elle à l'aigle en l'abordant,
Que votre Majesté ne sait comment s'y prendre ;
Si donc elle daigne m'entendre,
Je sais un bon expédient.
Dépèche toi de me l'apprendre,
Interrompt l'aigle impatient,
Car je suis ennuyé d'attendre.
Sire, dit la corneille, élevez vous bien haut,
Tenant dans votre auguste serre
Cette huître à qui, sur une pierre
En la précipitant, vous ferez faire un saut.
Frappé de ce trait de lumière,
Notre aigle s'écria : vive les gens d'esprit !
Je n'aurois jamais cru qu'un oiseau de ta sorte
Pût donner un conseil aussi bon ; mais n'importe,
Je veux en faire mon profit.
En achevant ces mots, l'imbécille exécute
Le projet qu'à son dam la corneille a conçu.
L'huître effectivement se brise dans sa chûte,
Comme l'avoit fort bien prévu
La conseillère qui de suite

Saute sur le poisson, l'avale, prend la fuite
Et sans perdre de tems va tout droit se percher
Sur un toît, où, malgré la fureur qui l'agite,
    L'aigle n'osa l'aller chercher.

34.

LE ROSSIGNOL ET LES MOINEAUX.

Las d'entendre soir et matin
    Le triste et barbare ramage
De quelques passereaux, voisins de son bocage,
Un rossignol conçut le louable dessein
De leur donner du chant une plus juste idée.
L'entreprise, il est vrai, lui sembloit hasardée,
    Mais quelque fois il se flattoit
Qu'avec des soins, du tems, et de la patience
Il en viendroit à bout. L'essentiel étoit
De savoir s'ils auroient assez de complaisance
Pour vouloir l'écouter, quand il leur parleroit.
Un jour donc qu'ils crioient, comme à leur ordinaire,
Il se rapprocha d'eux, avec l'intention

De lier conversation
Et d'entamer cette matière,
A la première occasion.
Mes amis, leur dit-il, sitôt qu'il put le faire,
Je suis musicien, de ma profession,
Et j'ai, sans me vanter, dans l'art que je pratique,
Assez de réputation :
Or voyant l'inclination
Que vous me paroissez avoir pour la musique,
J'ai pris la liberté de venir vous offrir
Mon talent et mes soins, s'ils peuvent vous servir.
A ce discours nouveau pour l'assemblée,
La troupe des moineaux paroît émerveillée.
On se tait, on l'écoute, et l'artiste enchanté
De rencontrer en eux tant de docilité,
Fait de ses doux accens retentir la vallée.
Mais quel fut son étonnement !
Lorsqu'au lieu d'applaudissement,
Un murmure confus vient frapper son oreille.
Entendez vous cette merveille ?
Demandoit l'un d'un air moqueur ;
Un autre qui vouloit passer pour connoisseur
Affectoit de se taire et faisoit la grimace ;
Un troisième joignant le geste à la menace,
Ouvroit déja le bec, pour mordre le chanteur,

Qui, justement choqué d'une telle conduite,

Prit le sage parti de s'enfuir au plus vite,

Convaincu cette fois à ses propres dépens,

     Qu'aux yeux des ignorans,

Le talent est toujours sans prix et sans mérite.

35.

LE MOINEAU ET LE SERIN.

En voyant un serin qui chantoit dans sa cage,

Un moineau s'en approche, et lui dit : mon voisin,

     Comment peux tu soir et matin

Etourdir les passans de ton joyeux ramage ?

Si j'étois, comme toi, réduit à l'esclavage,

J'aurois, je crois, bientôt perdu le goût du chant.

Moi, répond le serin, si j'étois à ta place,

     Peut-être j'en dirois autant ;

     Mais Dieu - merci je suis content

     De mon sort et ne m'embarrasse,

En aucune façon, de votre liberté.

     Dans ma douce captivité,

Vos goûts licencieux, votre humeur vagabonde

Ne m'ont encor jamais tenté;
Et d'ailleurs tout a dans ce monde
Son bon et son mauvais côté.
Chez moi tu vois que tout abonde;
Tantôt c'est un biscuit, tantôt un macaron;
Outre les gens de la maison,
Il n'est pas un voisin, à cent pas à la ronde,
Qui ne dise en passant: Bon jour, petit mignon!
Bref je suis caressé, fêté par tout le monde.
Certain de ne manquer de rien,
Je vis sans nulle inquiétude;
Pour moi chaque jour est serein,
Pour moi nulle saison n'est rude;
L'hiver je suis chauffé, l'été, toujours un bain
Est préparé dans ma cellule.
As tu bientôt fini ce discours ridicule?
Interrompt le moineau; dis moi, pauvre hébété,
Qu'est tout ce dont tu t'es vanté,
Au prix de notre indépendance?
Mais j'ai pitié de toi, je plains ton ignorance;
Adieu, vive la liberté!
Comme il disoit ces mots, un chat du voisinage,
Qui rôdoit selon son usage,
S'approche, sans être apperçu,
Saute sur l'orateur, qu'il prend au dépourvu,

Et l'étranglant pour tout exorde,

Le croque sans miséricorde.

Ce que j'ai dit ici prouve deux vérités :

L'habitude et le tems rendent tout supportable ;

Et les biens qui souvent nous ont le plus flattés,

Deviennent, par un sort semblable

A celui du moineau dont parle cette fable,

La source ou l'instrument de nos calamités.

36.

L'ÂNE ET LE CHEVAL.

L'âne eut un jour la fantaisie

De courir avec le cheval,

Qui, pour s'en divertir, accepta la partie.

Comme on s'en doute bien, l'épreuve tourna mal,

Et l'on rit aux dépens du roussin d'arcadie.

Je me rappelle justément,

Disoit notre baudet, après l'évènement,

Que le printems dernier, allant à la pâture,

Je marchai sur un clou qui m'entra dans le pié ;

Et c'est cet accident que j'avois oublié,

Qui m'a certainement fait perdre la gageure.

　Peut-être, mes chers auditeurs,

Disoit dernièrement un de nos orateurs,

Qui sans doute avoit vu bâiller son auditoire,

Mon sermon d'aujourd'hui n'a pas fait sur vos coeurs

Autant d'impression qu'on auroit pu le croire;

Aussi sans contredit je me fusse exprimé

　Avec beaucoup plus d'éloquence,

Et je n'en doute pas, mon discours eût charmé

Le public qui m'entend, sans une circonstance

Que j'avois oublié de vous dire d'avance:

Voilà bientôt huit jours que je suis enrhumé.

Lessing.

37.

JUPITER ET LE CHEVAL.

—

Père des animaux, et de l'espèce humaine!

Dit jadis le cheval, s'avançant d'une air fier

　Vers le trône de Jupiter.

　On dit, et je le crois sans peine,

Que, parmi les êtres vivans,

Je suis un des plus beaux présens

Que ta main ait faits à la terre.

Pourtant, quand je me considère,

Je vois que je pourrois être encor beaucoup mieux.

Tout autre assurément que le maître des Dieux

L'eût puni sur le champ de son impertinence;

Mais le bon Jupiter, dans cette occasion,

Ne consulta que sa clémence,

Et borna toute sa vengeance

A donner à l'ingrat une bonne leçon.

Je serois, lui dit-il, fort curieux d'apprendre

Ce que chez toi tu trouves à reprendre;

Cependant, comme il faut qu'un de nous ait raison,

Tu n'as qu'à t'expliquer, je consens à t'entendre.

Par exemple, dit le cheval,

Un cou plus allongé ne me siéroit pas mal;

Une jambe de cerf, par sa délicatesse,

A tous mes mouvemens donnant plus de souplesse,

Ajouteroit encore à ma célérité;

Un plus large poitrail, sans nuire à ma beauté,

Sans rien m'ôter de ma noblesse,

Me rendroit plus robuste, et puisque tu parois,

M'avoir fait naître tout exprès

Pour porter sur mon dos, au gré de son caprice,

L'homme

L'homme ton favori, je ne vois pas pourquoi,
    Au lieu de la selle factice
    Que le cavalier met sur moi,
Et qui le plus souvent, sans qu'il s'en mette en peine,
    Me blesse ou me met à la gêne,
    Tu n'aurois pas, en me créant,
    Par une selle naturelle,
Plus solide à la fois, plus commode et plus belle,
    Cru devoir prévenir cet inconvénient.
Bon, repartit le Dieu, je vais te satisfaire:
    Regarde et fais attention!
Jupiter à ces mots prenant un air sévère,
Fit entendre le mot de la création.
Soudain l'on vit sortir du sein de la poussière
    Le difforme et hideux chameau.
Voilà, dit Jupiter, le sublime tableau
De l'être qu'a créé ta sotte fantaisie,
Voilà le cou plus long, la poitrine élargie,
La selle qui te plaît, les jambes de fuseau!
Dis moi, veux tu qu'ainsi je te métamorphose?
L'autre saisi d'horreur, restoit la bouche close.
Va, poursuivit le Dieu, cette fois ma bonté
    Fait grace à ta témérité,
    En faveur de ton ignorance;
Mais pour qu'à l'avenir tu ne sois plus tenté
                D

D'abuser de ma patience,

Je veux que le chameau conserve l'existence

Et que jamais tes yeux ne se portent sur lui,

Sans te faire frémir du danger qu'aujourd'hui

T'a fait courir ton impudence.

Jupiter là dessus le quittant d'un air froid,

Laissa là le cheval plein de honte et d'effroi.

LESSING.

38.

LA PIE ET LE HIBOU.

Demandez moi ce que fait dans son trou

Ce misantrope personnage,

Qu'à son air taciturne on prendroit pour un fou

Ou tout au moins pour un sauvage ?

Disoit un jour, d'un ton de persifflage,

Certaine pie, en fixant un hibou,

Dont cette bavarde indiscrète

Sembloit prendre plaisir à troubler la retraite,

Je vais te le dire en deux mots,

Lui répond l'oiseau de Minerve ;

J'écoute, je médite, et chaque jour j'observe

Que tous les bavards sont des sots. —
La réponse étoit claire, et son but manifeste;
Je ne sais si la pie en devint plus modeste,
Au moins, pour le moment jugea-t-elle à propos
De partir, comme on dit, sans demander son reste.
　　On rencontre aussi parmi nous
　　De vrais ou prétendus hiboux
Qui dans l'obscurité, soit sagesse ou manie,
　　Se plaisent à passer leur vie:
Laissez les, croyez moi, tranquilles dans leurs trous,
Montrez vous plus discrets que ne fut cette pie,
　　Ou craignez quelque repartie,
Qui mettroit à coup sûr les rieurs contre vous.
J'ai lu dans un vieux livre une maxime ancienne
　　Que j'ai retenue avec soin,
Et que je vais citer, pour que dans le besoin,
Tel qui lira ceci puisse en faire la sienne.
Elle est à mon avis très sage et très chrétienne,
　　Quoiqu'elle date d'un peu loin.
　　Il est de critiquer les autres
Quelquefois imprudent, et même dangereux,
Surtout quand les défauts que nous blâmons en eux
Ne sont que la satire ou la preuve des nôtres.

39.

LE LOUP ET LE BERGER.

———

Une affreuse contagion,
Sur un troupeau nombreux exerçant son ravage,
En avoit emporté jusqu'au dernier mouton.
      Un loup, qui, pour bonne raison,
      Habitoit dans le voisinage,
      Alla, dès qu'il en fut instruit,
      Trouver le berger et lui dit :
      Je viens d'apprendre à l'instant même
La perte que tu fais, et dans la peine extrême,
Où doit t'avoir plongé ce triste évènement,
      Je viens avec empressement
T'assurer en voisin, en ami véritable,
De la part que je prends au malheur qui t'accable.
Avoir ainsi perdu la perle des troupeaux,
      Ces moutons si gras et si beaux,
Et ces jolis agneaux tettant encor leur mère !
Ah! cette seule idée arrache des sanglots !
Tu me vois pénétré d'une douleur sincère,
Longtems sur ton désastre il me faudra gémir,

Et même en ce moment j'ai peine à retenir
Les larmes qui sont près d'inonder ma paupière.
   Grand-merci de ton amitié!
   Répond l'autre, avec un sourire.
A ce tendre intérêt que ma perte t'inspire,
   Je vois qu'on t'a calomnié,
Et que le coeur d'un loup, quoiqu'on en puisse dire,
   Est l'asile de la pitié.
   Oh! la chose n'est pas douteuse,
   Interrompt le chien du berger :
   On le voit toujours s'affliger
   D'une aventure malheureuse,
Et plaindre en gémissant les disgraces d'autrui,
   Dès qu'il sait par expérience
   Qu'il en doit résulter pour lui
   Quelque fâcheuse conséquence.

LESSING.

40.

LE LIÈVRE ET LE LAPIN.

—

Un lièvre, au clair de la lune,
Allant en bonne fortune,
Crut entendre quelque bruit.
Il se tapit contre terre,
Ecoute attentivement,
Et voit au même moment
Etendu sur la bruyère,
Et presque sans mouvement,
Un lapin de connoissance,
Un ami de son enfance,
Qui même l'hiver passé,
Le rencontrant sur la neige,
S'étoit bien vite empressé
De le prévenir d'un piège,
Où l'imprévoyant lévraut
Eût, sans l'avis charitable
De cet ami véritable,
Eté pris comme un nigaud.
Il s'approche du malade,

Et lui dit : mon camarade,
Ton état me fait pitié !
Je n'ai jamais oublié
Le mémorable service
Que tu me rendis un jour ;
Il est de toute justice
Que je te rende à mon tour,
Si je puis, un bon office.
Parle, et dis moi sans détour
Ce que pour toi je puis faire.
Hélas ! tu vois ma misère,
Lui répond en soupirant
Le lapin demi mourant.
J'étois, comme à l'ordinaire,
Sorti dès le grand matin,
Pour aller au champ voisin
Chercher quelque subsistance,
Quand, me barrant le chemin,
Un rustre armé d'un gourdin
M'accoste avec arrogance,
Et me dit : c'est toi, faquin,
Qui viens manger ma salade
Et mes choux dans mon jardin !
Ce n'étoit pas sans dessein
Que j'étois en embuscade ;

Mais je t'attrappe à la fin,

Et tu vas, maître coquin,

Payer cher ta promenade!

Bien qu'innocent du larcin

Qui me vaut cette algarade,

Jugeant, à son ton maussade,

Des suites de l'entretien,

J'allois m'esquiver grand train.

Et gagner à l'escalade

Le fossé le plus prochain;

Mais aussitôt le vilain,

Se doutant de l'escapade,

Au moment où je m'évade,

M'a, sans rime et sans raison,

Mis, d'un coup de son bâton,

Les reins en capilotade.

Le corps sanglant et meurtri,

Sans presque oser prendre haleine,

Je parviens, quoiqu'avec peine,

A me traîner jusqu'ici,

Où succombant de foiblesse,

J'attendois qu'enfin la mort

Mît un terme à ma détresse.

Mais puisqu'à mon triste sort

Ta grande âme s'intéresse,

Tu me feras bien plaisir,
Si tu veux m'aller querir
Vite un peu de nourriture ;
Car la faim me fait souffrir
Presqu'autant que ma blessure.
Le lièvre lui répondit :
Mon ami, ta confiance
Me flatte sans contredit ;
Et dans cette circonstance,
Comme en tout évènement,
Compte sur ma diligence,
Mon zèle et mon dévouement !
J'y cours . . . . Effectivement
Il part, mais il eut à peine
Fait quelques sauts dans la plaine,
Qu'il n'y pensoit déja plus.
Que de gens me sont connus,
Dont cette fable est l'histoire !
Pour eux promettre est un jeu,
Une habitude, une gloire :
Mais faut-il tenir ? adieu !
Ils manquent tous de mémoire.

41.

L'ÂNE ET LE CHIEN.

Un âne qui paissoit au milieu de la plaine,
  Voyant de loin venir un chien
  Qui couroit à perte d'haleine,
L'arrête, en lui criant : d'où viens tu si grand train ?
De la cour, répond l'autre — Et pourquoi, je te prie,
As tu quitté la cour ? — Parceque je suis las
De servir un despote, et de passer ma vie
Toujours dans les dangers, la crainte et l'embarras.
  En effet, pauvre créature,
  Reprend l'âne, tu n'as pas tort
D'avoir pris ton parti, je t'en approuve fort :
Rends grâces au surplus à ta bonne aventure
Qui t'a conduit ici, car j'ai tout justement
Besoin d'un serviteur ; ainsi dès ce moment
Tu pourras, si tu veux, rester à mon service.
Je suis, comme tu sais, sans aucune malice,
Et le lion et moi ne nous ressemblons point.
Je ne prétends non plus disputer sur ce point,

Répond l'autre avec un sourire;
Mais permets moi de te le dire:
Si servir un tyran est une lâcheté
Impardonnable, en vérité
Servir un sot est encor pire.

PFEFFEL.

42.

LA MARTRE ZIBELINE ET LE CHASSEUR.

Une martre zibeline
Que la guerre et la famine
Avoient contrainte à fuir de son pays natal,
Gagna, par un destin fatal,
Certain canton de l'Allemagne.
Un chasseur du pays qui battoit la campagne,
Parvint à l'attraper. Le petit animal
Dans son langage le supplie
De le laisser vivre. „Eh ! ma mie,
Lui répond le chasseur, ce n'est pas à ta vie
Que j'en veux, ce n'est qu'à ta peau.“

„A ma peau? qu'en prétends tu faire?"

„Parbleu, belle demande! en doubler le manteau

De notre souverain; c'est un honneur, ma chère

Qui, comme tu le sais, n'est réservé qu'à toi."

Diantre soit de l'honneur! mais, mon ami, dis moi,

Que ne prend-il la tienne?--Ah! c'est une autre affaire:

    Le prince en fait un emploi

    Dont tu ne te doutes guère;

    Il la réserve — Et pourquoi? —

    Pour la vendre à l'Angleterre.

PFEFFEL.

43.

LE MILAN ET LE LAPIN.

Un milan tenoit dans sa serre

Un lapin qu'il avoit surpris

Cherchant paisiblement dans l'aride bruyère

    Quelques brins d'herbe, pour en faire

    La pâture de ses petits.

Que t'ai-je fait? lui dit le pauvre hère,

Pour mériter ce traitement?
Daigne au moins m'apprendre comment
J'ai pu me rendre assez coupable
Pour m'exposer à ton ressentiment!
La question est admirable!
Lui répond le milan, d'un ton brusque et hautain:
Si tu ne le sais pas, apprends petit mutin,
Que c'est un crime impardonnable
De se trouver sur le chemin
D'un oiseau comme moi, surtout quand il a faim.
A ce discours dont l'éloquence
Augmente encore sa frayeur,
Le lapin s'humilie, et lui dit: Monseigneur,
Daignez me pardonner, mais sur ma conscience
J'ignorois que votre Excellence
Dût aujourd'hui passer par là.
Tu l'ignorois? maraud! voyez la belle excuse!
Il falloit le savoir; au surplus tout cela,
Je le vois bien, n'est qu'une ruse:
Et sur ce Monseigneur l'occit et le mangea.

44.

LES DEUX ARÉONAUTES.

Deux philosophes tentèrent,
Si bien qu'ils l'exécutèrent,
Un projet des plus hardis.
Dans un ballon s'étant mis,
Ils furent, de compagnie,
Voir les châteaux qu'en leur vie
En l'air ils avoient bâtis.
A voir ces aréonautes
Monter si rapidement,
Et gagner du firmament
Les régions les plus hautes,
La plûpart des spectateurs
Craignoient pour nos voyageurs
Quelque revers de fortune;
Même d'aucuns assûroient
Que bientôt ils finiroient
Par faire un trou dans la lune.
En effet, en peu de tems

On les eut perdus de vue,
Lorsqu'au delà de la nue,
Il se vit, l'un des savans
S'écrie: enfin je respire!
Nous n'avons plus, je puis dire,
Personne au-dessus de nous!
Mon avis seroit le vôtre,
Mais nous ne voyons, dit l'autre,
Non plus personne au-dessous.

PFEFFEL.

45.

LA BELETTE ET LA SOURIS.

Dame belette un jour surprit une souris
Qui, d'un air affligé, du ton le plus soumis,
   La prioit d'avoir pitié d'elle.
Pitié! dit celle-ci, la prière est nouvelle!
   La pitié ne convient qu'aux sots.

Je me sens appétit, ainsi tu peux, ma mie,
Faire ton testament. La souris, à ces mots,
Replique : si tu veux ne pas m'ôter la vie,
    Je connois un nid de mulots,
Où tu pourras trouver de quoi te satisfaire.
Les petits sont déja grands comme père et mère ;
    Outre cela leurs magazins
Regorgent de froment, de seigle et d'autres grains :
Je te les montrerai. Soit, reprit la commère,
Ton offre me plaît fort, tu n'as qu'à m'y mener,
Tu verras si je sais reconnaître un service.
La souris y consent, sans même soupçonner
Que l'autre en lui parlant ait usé d'artifice.
Toutes deux à l'instant se mettent en chemin,
    Et trottent vers la mulotière,
Où, croquer les mulots, vuider le magazin,
Fut pour notre affamée une petite affaire.
A peine elle a fini, qu'elle attrappe au collet
    Sa conductrice, à qui ce trait
    Dévoile enfin son caractère.
Est-ce là, disoit elle, en jetant les hauts cris,
    Le traitement que tu m'avois promis ?
    Fut il jamais plus noire ingratitude ?
Cesse de m'étourdir, dit l'autre, d'un ton rude,
    Par tes reproches impolis !

Du

Au reste tu sauras que j'ai pour habitude,

Lorsque mes repas sont finis,

De croquer pour dessert les os d'une souris.

PFEFFEL.

46.

LE MAÎTRE, SON CHIEN ET SON CHAT.

Minet et Soliman, l'un chat et l'autre chien,

Vivoient sous même toit, du reste leur destin

N'avoit rien de commun ; l'un étoit misérable,

L'autre vivoit content, et ne chommoit de rien.

Lorsque leur maître étoit à table,

Le dernier ne manquoit jamais

D'avoir part au festin ; tous les os des poulets

Lui revenoient de droit, et même si la chance

Vouloit qu'à son dîner d'un lièvre ou d'un faisan,

D'une perdix, d'un ortolan

Monsieur se régalât, on étoit sûr d'avance

Que les débris du rôt étoient pour Soliman.

E

Dans un coin du salon Minet en embuscade,

Voyoit d'un oeil jaloux son heureux camarade

    Attraper de si bons morceaux,

Et murmuroit tout bas de ce que tous les os

Lui passoient sous le nez, sans qu'il en touchât miette.

    Pendant que l'autre les croquoit,

    Le pauvre diable se voyoit

    Obligé de faire diète ;

    Et si quelquefois il risquoit

De s'approcher un peu, pour lécher une assiette,

    Mons Soliman, d'un air grossier,

Menaçoit simplement de lui rompre l'échine,

    Ou son maître, d'un coup de pied,

    Le renvoyoit à la cuisine.

Ces mauvais procédés l'avoient tant irrité,

Que Minet un beau jour perdant la patience,

Dit à son compagnon : J'ignore en vérité

Sur quoi peut se fonder l'injuste préférence

    Que l'on te donne ici sur moi ;

    Car après tout je prétends être

    Pour le moins aussi bon que toi.

    Maraud, interrompit son maître,

C'est bien à toi d'oser le prendre sur ce ton ;

Qui de vous deux me suit quand je vais à la chasse,

    Me fait lever une bécasse,

M'arrête une perdrix, me rapporte un plongeon

Qu'il va chercher à l'eau, par quelque tems qu'il fasse,

Sans que jamais danger l'arrête ou l'embarrasse,

En un mot me défend et garde ma maison ?

Certes ce n'est pas toi : qu'est-ce que tu sais faire ?

Dormir en plein midi, la nuit sur la gouttiére

    Faire un sabbat, un carrillon,

Qu'on ne peut fermer l'oeil, enfin pour toute affaire,

    Trotter de la cave au grenier,

Pour prendre une souris ; voyez le beau métier !

Quand je fais mon devoir, repart l'autre en colère,

    On devroit me remercier ;

    Mais si c'est là tout le salaire

    Que vous prétendez me payer,

Serviteur ! rira bien qui rira le dernier !

    Tout en rognonnant de la sorte,

Minet fort prudemment vous enfile la porte,

Sort par une fenêtre, et grimpe sur les toits ;

    Bien résolu pour cette fois

De ne plus s'exposer à pareille avanie,

Et se promettant bien de n'entrer de sa vie

    Dans cette maudite maison,

    Dussent tous les rats du canton

    Y venir faire leur orgie.

On étoit par bonheur dans la belle saison ;

Minet, le jour, dormoit à l'ombre ;
Le soir, sitôt qu'il faisoit sombre,
Il alloit en maraude, et ces excursions
Fournissoient amplement à ses provisions.
Pendant qu'il passe ainsi ses jours dans l'indolence,
Mesdames les souris et nosseigneurs les rats
Mettent à profit son absence.
Dans l'office et dans la dépense
On ne voit que désordre, on n'apprend que dégats ;
Tantôt c'est un jambon, tantôt c'est un fromage
Qui leur est tombé sous la dent ;
Sucre, biscuits, bonbons, tout est mis au pillage ;
Bref les drôles en firent tant,
Qu'on prit finalement le parti le plus sage :
Ce fut d'aller chercher Minet, en le priant
Du ton le plus poli, de venir sur le champ
Mettre ordre à cet affreux ravage,
Et promettant surtout qu'il seroit mieux traité.
Celui-ci, m'a-t-on dit, accepta le traité.
Je vois bien, dit le maître, en changeant de langage,
Qu'un chien peut être d'un grand prix ;
Mais qu'il faut, si l'on veut se garder des souris,
Avoir un chat dans un ménage.
J'aime et nous aimons tous à voir qu'un souverain
Récompense des grands les importans services :

Mais doit-il pour cela laisser mourir du faim
    Les petits qui le servent bien,
Et lui rendent aussi parfois de bons offices ?

PFEFFEL.

47.

LE SINGE ET LE RENARD.

De tous les animaux à qui Dieu donne vie,
    Disoit un singe babillard,
    En causant avec le renard,
    Tu ne saurois, je le parie,
En nommer un, un seul dont je ne m'approprie
Le talent ou l'adresse, en le contrefaisant.
Soit, répond le renard, mais moi je te défie
De citer à ton tour un animal vivant
Qui de te contrefaire ait jamais eu l'envie.

LESSING.

48.

LE LION ET LES ANIMAUX.

Après un règne glorieux,
Le lion qui se faisoit vieux,
Voulut en père tendre, en sage politique,
Confier le timon de la chose publique
Aux soins d'un bras plus vigoureux.
Il savoit par expérience
Tout ce que de vigueur exige un tel fardeau,
Et crut devoir en conséquence
Fixer son choix sur le taureau.
A peine la nouvelle en étoit répandue,
Qu'on entendit de tout côté
Se plaindre et murmurer; bientôt une cohue
De l'antre du monarque occupe l'avenue.
A quoi pense sa Majesté!
S'écrioient les mutins, c'est une absurdité
De prendre pour ministre une telle ganache!
Nous voulons lui parler, nous voulons qu'elle sache
Que son choix nous déplaît. A ces mots le lion,

Craignant une sédition,
Crut qu'il étoit prudent d'user de politique.
J'avois fort bien prévu, dit-il à cette clique,
Que mon choix n'auroit pas votre approbation;
Aussi quand je l'ai fait, ma vraie intention
N'étoit que de sonder l'opinion publique.
 Attendez tout de ma bonté;
 Mon peuple sait combien je l'aime;
Et pour le lui prouver, je veux qu'en liberté
Il choisisse un ministre et le nomme lui-même.
 Cette harangue eut tout l'effet
Que naturellement on devoit en attendre;
 Chacun se montra satisfait;
Il ne s'agissoit plus de rien que de s'entendre
Sur le choix qu'on feroit ou qu'on ne feroit pas.
 On s'assemble donc au plus vite.
Le lion apprendra, marmottoient-ils tout bas,
Qui de nous ou de lui, se connoît en mérite.
On n'eut pas en effet besoin de longs débats;
Un seul et même esprit animoit l'assemblée;
 Et l'âne fut élu d'emblée.

PFEFFEL.

49.

LES FURIES.

Un jour Pluton manda le messager des Dieux.
Mercure, lui dit-il, je vois que mes furies
Sont depuis quelque tems étrangement vieillies ;
Je veux décidément quelque chose de mieux.
Pars donc sans différer, et te rends sur la terre ;
    Là tu choisiras avec soin
    Les trois femmes dont j'ai besoin.
Mais trois, tu m'entends bien, qui fassent mon affaire.
    Mercure partit à l'instant.
Junon le même jour dit à sa confidente :
    Iris, écoute, mon enfant,
    Tu sais bien que Vénus se vante,
Sans nulle exception de s'être assujetti
Le sexe féminin ; je serois bien contente
    D'humilier cette arrogante,
    En lui prouvant qu'elle a menti.
    Crois-tu qu'il soit encor possible
De trouver sur la terre (en y regardant bien)

Trois ou quatre filles de bien ?

J'entends : d'une vertu sévère, inaccessible,

Et dont jusqu'à présent le coeur ait résisté

Aux assauts de l'amour et de la volupté.

Déesse, dit Iris, la chose est incertaine,

    Cependant on peut l'éprouver.

Eh bien, va, dit Junon, tâche de me trouver

    Ce trio rare et me l'amène.

      Aussitôt dit, aussitôt fait ;

      Et voilà notre messagère

      Cherchant partout comme un furet.

      Pas le plus petit coin de terre,

   Pas un palais, pas même une chaumière

Qu'elle ne visitât, tant elle avoit, dit-on,

A coeur d'exécuter cette commission.

Après une recherche aussi longue que vaine,

      Voyant qu'elle perdoit sa peine,

      Elle prit enfin le parti

De retourner là haut instruire sa maîtresse

De son mauvais succès. Sitôt que celle-ci

La vit revenir seule : ô pudeur ! ô sagesse !

      S'écria-t-elle avec dépit.

      L'autre à ces mots l'interrompit,

      Et lui repartit : ô Déesse !

J'aurois encor trouvé quelques instans plus tôt,

Trois filles comme il vous les faut;
Mais Mercure m'a prévenue,
Et venoit justement, quand je suis descendue,
De les enlever pour Pluton.
Que dis-tu ? s'écria Junon ;
Ce sont encore là de tes plaisanteries !
Non, dit Iris, c'est tout de bon. —
Et qu'en a-t-il fait ? — Des furies.

LESSING.

50.

LE LOUP AU LIT DE LA MORT.

Certain vieux loup, à son heure dernière,
D'un oeil contrit regardóit en arrière,
Et repassoit, en se les rappelant
Tous les évènemens de sa longue carrière.
Sans contredit, disoit le pénitent,

Je suis un pêcheur, cependant,
Lorsque je mets dans la balance
Le mal qu'on me reproche et le bien que j'ai fait,
Je crois que le dernier compense,
S'il ne l'excède pas, le premier : en effet,
Un jour, il m'en souvient, nous étions en automne,
Un petit espiègle d'agneau
Qui s'étoit par malice écarté du troupeau,
Passa tout près de moi ; je fus, Dieu me pardonne,
Tenté de faire niche à ce petit vaurien,
Et cependant je n'en fis rien.
Le même jour, si j'ai bien souvenance,
Une brebis eut l'impudence,
(Il falloit qu'elle fût de bien mauvaise humeur)
De m'appeler méchant, larron, traître, imposteur ;
Et bien loin d'en tirer vengeance,
J'eus encore la patience
D'écouter ses mauvais propos,
Sans lui répondre, et sans me plaindre ;
Quoique pour le moment je n'eusse rien à craindre
Du chien, ni du berger qui dormoient en repos.
C'est ce dont, s'il le faut, je rendrai témoignage,
Dit un renard du voisinage
Qui venoit par honnêteté
Pour s'informer de sa santé ;

Car je fus témoin de l'outrage,
Et de la modération
Que tu montras, dans cette occasion :
Je dirai même davantage,
Tant j'observai soigneusement :
C'étoit le jour précisément
Que tu t'étois dans l'oesophage
Fourré cet os qui te causa
Tant de douleur, et dont la grue,
Je ne sais trop dans quelle vue,
Une heure après te délivra.

LESSING.

51.

LE JEUNE LOUP ET LE RENARD.

Te souvient-il de feü mon père?
Disoit un jour un jeune loup
Au renard son voisin; c'étoit là pour le coup
Ce qu'on nomme un héros, un vrai foudre de guerre!
Pendant qu'il étoit sur la terre,
Qui peut dire combien il en a terrassés!
Non, si je dis deux cents, je ne dis pas assez,
Dont les vilaines âmes noires,
Grâce à ses terribles efforts,
Ont successivement emporté chez les morts
La nouvelle de ses victoires.
Faut-il donc s'étonner qu'après autant d'exploits
Qui seront à jamais célèbres,
Lui même affoibli par le poids
De ses nombreux lauriers, dût céder une fois,
Et descendre à son tour au pays des ténèbres?
Voilà tout justement comment s'exprimeroit
Un faiseur d'oraisons funèbres!

Le grave historien, dit l'autre, ajouteroit,
Si toutefois les faits sont véridiques :
Tous ces prétendus ennemis,
Dont il a triomphé, n'étoient que des brebis,
Et de misérables bourriques ;
Mais celui qui lui fit porter
La peine due à tant de barbarie,
Fut le premier taureau qu'il eut l'effronterie
Et la sottise d'insulter.

LESSING.

52.

LES DEUX BARBETS.

Le fils d'un grand-seigneur avoit à son service
Deux barbets, appelés Moustache et Pantalon.
Le premier, déjà vieux, n'avoit pas d'autre office,
Que de tourner la broche et garder la maison ;
C'étoit même à-peu-près tout ce qu'il savoit faire,
Monsieur son fils, bien au contraire
Etoit pour l'éducation,

L'aptitude, et le savoir-faire,
Un vrai prodige ; et s'il eût eu
Ce que nous appelons le don de la parole,
Je gage qu'il fût devenu
En peu de tems maître d'école ;
Car il savoit déja, sur le bout de son doigt,
Sur deux pieds se tenir bien droit,
Marcher en se carrant, faire la révérence ;
Mais son talent par excellence,
C'étoit de se précipiter,
Comme un désespéré, la tête la première,
Jusqu'au fin fond de la rivière,
Pour attraper un sou qu'on venoit d'y jeter.
Il faisoit au surplus mille tours de souplesse,
S'y prenoit avec tant d'adresse,
Que tous les gens de la maison
En raffoloient avec raison.
Martin, c'étoit le fils du Suisse,
Avoit été son précepteur,
Et l'on peut dire avec justice
Qu'un pareil écolier lui faisoit grand honneur.
Un beau jour le jeune seigneur
Voulut aussi, par un caprice,
Apprendre au vieux Moustache à faire l'exercice.
A son âge, dit-il, on a du jugement,

Il apprendra facilement.

On fait venir Moustache, il le prend par la patte,

Le fait asseoir en cul-de-jatte,

Un bâton sur l'épaule et le corps en avant :

Mais on eut beau dire et beau faire,

Employer menace et prière,

Il retomboit toujours sur les pieds de devant.

A la fin perdant patience,

Son maître dit avec humeur :

Qu'on aille me chercher Martin le Professeur !

Celui-ci vient en diligence ;

Avec Moustache on recommence,

Martin le prend sous le menton,

L'applique contre la muraille ;

Un second le redresse, un autre le tiraille ;

Temps perdu. Le pauvre grison

Veut faire de son mieux, et ne fait rien qui vaille.

Essayons un peu du bâton !

Dit Martin, puisqu'enfin cette vieille canaille

Ne veut pas entendre raison.

A ce mot de bâton, Moustache se dégage,

Et le prend sur un autre ton,

Qui leur fait perdre à tous l'envie et le courage

De pousser plus loin la leçon.

Vous devriez respecter ma vieillesse,

Dit-il

Dit-il ensuite à ces enfans.
Que mon exemple au moins vous rappelle sans cesse
Qu'il faut, pour devenir savans,
Etudier dans la jeunesse;
Quand on est vieux, il n'est plus tems.

PFEFFEL.

53.

LA DISPUTE DES ANIMAUX AU SUJET DU RANG.

Les animaux jadis eurent un différend,
Au sujet de la préséance.
Il s'agissoit entre eux de régler chaque rang;
L'affaire étoit de conséquence;
Aussi vit-on dans cette circonstance
Ce que chez nous on voit en pareil cas:
Sitôt qu'on en vint aux débats,
La rixe s'échauffa, chacun vouloit défendre
L'avis dont il étoit, lui seul n'avoit pas tort;

F

C'étoit à qui crieroit plus fort ;
Tous parloient à la fois, on ne pouvoit s'entendre,
    Et personne n'étoit d'accord.
    Enfin voyant que la querelle
Pourroit sur ce pied là devenir éternelle,
Pour moi je suis d'avis, s'écria le cheval,
    De prendre l'homme pour arbitre.
Etranger parmi nous, on doit croire à ce titre
    Qu'il sera plus impartial.
L'homme ! dit une taupe, en prenant la parole,
    Je ne dis pas tout-à-fait non ;
Mais qui nous garantit que l'homme a la raison
Et le discernement qu'il faut pour un tel rôle ?
La nature souvent jalouse de ses dons
    Met en nous des perfections
Dont elle semble avoir voulu faire un mistère ;
    Or, pour en juger sainement,
Pour les apprécier, il faut assurément
Une sagacité toute particulière.
Cela, dit le mulot, s'appelle parler d'or.
Quant à moi, je ne sais si je vois bien la chose,
Cria le hérisson, mais je doute bien fort
Que l'homme soit habile à juger notre cause.
    A quoi bon tout ce vain jargon ?
Replique le cheval ; on sait, ne vous déplaise,

Que c'est toujours celui dont la cause est mauvaise
Qui balance le moins à mettre en question
Les lumières de ceux qu'il craint d'avoir pour juges.
L'homme fut donc admis.   Avant que tu nous juges,
  Lui dit gravement le lion,
Homme, apprends nous du moins d'après quelle mesure
Et sur quel fondement tu veux déterminer
La place qu'à chacun tu prétends nous donner!
    Eh parbleu, d'après la plus sûre,
    Dit l'homme avec naïveté,
    Comme aussi d'après la plus prompte :
    Sur le degré d'utilité
Dont vous êtes pour moi.   Je m'en étois douté,
Repartit le lion : ainsi donc à ce compte,
Je verrois le baudet bien au-dessus de moi!
Tu ne seras pas juge, homme, retire toi!
L'homme se retira.   Je le savois d'avance,
Dit la taupe, affectant un air de suffisance,
    (Le mulot et le hérisson
    Applaudirent à l'unisson)
Que mon avis seroit celui de beaucoup d'autres.
Par des motifs au moins mieux fondés que les vôtres,
Dit encor le lion, en jetant sur tous trois
Un regard dédaigneux; puis, abaissant la voix,
    Il ajouta : Vraiment je suis bien dupe,
F 2

D'aller m'embarrasser de ce qui les occupe!
    Qu'on me donne le premier rang,
    Ou le dernier, fort peu m'importe!
Je sais ce que je vaux: en parlant de la sorte,
Il quitte l'assemblée. Aussitôt l'éléphant
    En qui l'on vante la sagesse,
    Le tigre dont la hardiesse
    Egale la célérité,
    L'ours connu pour la gravité,
    Le cheval pour la Majesté,
    Et le renard pour la finesse,
    Tous ceux en un mot qui sentoient,
    Ou qui du moins s'imaginoient
    Avoir droit à leur propre estime,
    Par un mouvement unanime,
Suivirent son exemple. Un auteur de ce tems,
    Ecrivain digne de croyance,
Dit que l'âne et le singe étoient fort mécontens,
Et furent les derniers à lever la séance.

LESSING.

54.

LE CHIEN ET LE CHAT.

Un chien pour venger son patron,
A qui deux assassins venoient d'ôter la vie,
Se jette sur l'un deux, l'attaque avec furie ;
Mais sa fidélité, dans cette occasion,
   Fut assez mal récompensée,
Car le pauvre animal eut d'un coup de bâton
La mâchoire en compôte et la patte cassée.
Dans ce fâcheux état, notre malheureux chien
   Réfléchissoit à sa misère :
Etranger dans l'endroit, sans maître, sans soutien,
Souffrant, estropié, que devenir ? que faire ?
Tout à coup, par bonheur, il voit dans le lointain
Un vaste bâtiment : c'étoit un monastère,
Servant de Paradis à trente gros joufflus,
Trente prédestinés, qui goûtant par avance
Les biens que Dieu là haut promet à ses élus,

Prêchoient aux autres l'abstinence,

L'austérité, la pénitence ;

Tandis que ces pieux reclus

Soir et matin faisoient bombance.

Le malade, dans l'espérance

D'obtenir du secours, ou quelque charité,

Se traîne comme il peut vers la communauté.

Arrivé non sans peine auprès de la clôture,

Il voit venir clopin clopant

Un matou gros et gras, portant belle fourrure,

Mais dont la marche et la figure

Font présumer quelque accident.

Nos pélérins, en se voyant,

Se font d'abord la révérence ;

Et puis comme entre malheureux,

On a bientôt fait connoissance,

Les voilà causant tous les deux,

Et se contant leurs avantures.

Le chien, en montrant ses blessures,

Raconta, comme un scélérat

Qui venoit de tuer son maître,

Au moment où sa dent alloit punir le traître,

L'avoit mis dans ce triste état.

Pour moi, dit à son tour le chat,

J'habitois ce couvent depuis ma tendre enfance ;

Et bien que malgré moi réduit au célibat,
    Je l'avouerai, mon existence
N'étoit pas sans douceurs ; tant il est vrai qu'on peut
S'accoutumer à tout, du moment qu'on le veut.
Ce matin, par hasard, entrant dans la dépense,
    Le malheur veut qu'une perdrix
    Toute prête à mettre à la broche,
    De loin me semble une souris.
Pour mieux m'en assurer, doucement je m'approche,
    Lorsqu'un rustre de cuisinier
Qui, tout en épluchant quelques brins de salade,
Avoit l'oeil aux aguets, accourt d'un air maussade,
    Et m'allongeant un coup de pied,
M'a mis, comme tu vois, la patte en marmelade,
    Puis m'a chassé comme un vilain.
En achevant ces mots, il regarde le chien,
    Et lui dit : mon cher camarade,
Puisque le même sort ici nous réunit,
Croismoi, tous deux ensemble allons chercher fortune !
Nous mettrons de moitié la perte et le profit,
    Bref nous ferons bourse commune.
    En vérité, lui répondit
L'autre en prenant congé, ton offre est fort polie ;
Mais je n'en ferai rien, car, entre nous soit dit,
Tout réduit que je suis à demander ma vie,

Je ne voudrois pas qu'on me vit
En si mauvaise compagnie.

PFEFFEL.

55.

LE CHAT ET LES DEUX PIGEONS.

Un chat et deux pigeons commensaux d'un manoir,
   Avoient contracté dès l'enfance
La plus tendre amitié; c'étoit plaisir de voir
Comme ils jouoient entre eux du matin jusqu'au soir,
Sans que de part ni d'autre, humeur ou défiance,
Troublât un seul instant leur bonne intelligence.
   Il est, je ne l'ignore pas,
   Beaucoup de gens à qui le cas
Pourra paroître neuf et même invraisemblable :
   Mais il faut savoir que Minet
   Etoit le chat le plus aimable,
   Le plus poli, le plus discret,
En un mot le plus doux de toute son espèce.
Jamais de son côté la moindre maladresse ;

N'avoit donné matière au moindre différend,
Lorsque Minet un jour blessa par accident
Un de ses bons amis. Quelle fut sa tristesse !
Quand il vit celui-ci, l'oeil morne, et tout sanglant,
Témoigner par ses cris son mal et sa blessure.

  Dans la crainte que l'aventure
N'inspire contre lui quelque injuste soupçon,
  Il se jette au cou du malade,
Le presse sur son coeur, lui demande pardon,
  L'appelle, son cher camarade,
Le supplie instamment de ne pas se fâcher,
Et pour mieux lui prouver toute son innocence,
D'un air plein de tendresse il se met à lécher
  Le sang qui coule en abondance.
  Tout en pensant le secourir,
Minet prend chaque instant plus de goût à la cure.
Le pauvre patient qui se sent défaillir,
  D'une voix foible le conjure,
De suspendre ses soins, d'être moins généreux.
L'autre lèche toujours ; tant que le malheureux,
En perdant tout son sang, perdit aussi la vie.
  Qui l'auroit cru ! Minet oublie,
En voyant qu'il est mort, leur ancienne amitié,
Et la faim achevant d'étouffer la pitié,
Le laisser là, dit-il, seroit une folie.

En effet il le croque et le trouve si bon,
    Qu'un peu plus tard son compagnon
Eût eu le même sort, si par cette conduite
    Effrayé, comme de raison,
Il ne se fût hâté par une prompte fuite
    De déguerpir de la maison.

Que le fait soit constant, ou qu'il soit apocryphe,
    Si vous en croyez mon avis,
    Ne prenez jamais pour amis
    Ni chats ni gens qui portent griffe.

WEISSE.

56.

LE CHEVAL.

——

Un homme voyageant au milieu de l'été,
    Et trouvant la chaleur trop forte,
Vit une hôtellerie, où s'étant arrêté,
Il attache, en entrant, sa monture à la porte.
Les mouches dévoroient le malheureux cheval,
Qui, forcé malgré lui de souffrir leurs injures,
Fut en quelques instans tout couvert de piquûres.
    Non, disoit le pauvre animal,
Dont le sang qu'il voyoit couler de ses blessures,
Joint avec la douleur, égaroit la raison,
    Il n'est point de condition
    Plus déplorable que la nôtre!
    Tantôt un mal, tantôt un autre!
    Jamais un instant de repos!
Nous portons, nous traînons les plus pesans fardeaux,
    Et quand, succombant à la peine,

Nous voulons, pour reprendre haleine,
Ralentir notre marche, aussitôt nos tyrans
De leur fouet sans pitié nous déchirent les flancs.
Si trempés de sueur et couverts de poussière,
    Le hasard nous fait rencontrer
    Chemin faisant quelque rivière,
On ne nous permet pas de nous désaltérer.
    Enfin, pour toute nourriture,
On nous laisse brouter quelque maigre pâture,
    Ou l'on nous jette un peu de foin
    Et d'avoine que l'on mesure
Non sur notre appétit, non sur notre besoin,
Mais sur le bon plaisir ou plutôt la caprice
    D'un maître qui par avarice
    Nous laisseroit mourir de faim,
S'il y trouvoit son compte. Un sort si misérable
    Est, je le sens, insupportable!
En achevant ces mots, il déchire son frein,
S'éloigne ventre à terre et passant à la nage
Trois ou quatre ruisseaux qui sont sur son passage,
Il gagne la forêt. Le voilà libre en fin.
En fut il plus heureux? Non, il n'y gagna rien,
    Car le soir même de sa fuite
Un loup, qui l'apperçut, se mit à sa poursuite,
Et l'atteignit bientôt. Ceux qui, le lendemain,

Par l'ordre de son maître avoient suivi sa trace,
Ne trouvèrent que sa carcasse.

PFEFFEL.

57.

LE SINGE ET L'ÉCUREUIL

Un petit écureuil bien vif, bien dégourdi,
    Et qui plus est, bien étourdi,
    Comme tous ceux de son espèce,
Sur un chêne élevé déployant son adresse,
    Faisoit maints tours de sa façon,
    Se rouloit comme un peloton,
    Faisoit des sauts, des caprioles,
Par la patte ou la queue aux branches se pendoit,
    Grimpoit en haut, puis descendoit:
Le tout accompagné des gestes les plus drôles.
En le voyant ainsi s'ébattre et voltiger,
On eût dit un oiseau, tant il étoit léger.

A quelques pas de l'arbre, assis sur son derrière,
Un singe l'observoit et le regardoit faire.
Quand il eut assez vu, tu te crois bien savant!
Dit-il à l'écureuil; mais, si tu veux, je gage
    Avec toi que j'en fais autant.
    Et sans attendre davantage,
    Voilà mon singe en moins de rien
Caracolant sur l'arbre et de mainte grimace
Assaisonnant aussi ses tours de passe-passe.
Pendant quelques instans la chose alla fort bien;
Mais en voulant sauter sur le bout d'une branche,
Le magot tombe à terre et se démet la hanche.

Gardons nous avec soin d'en agir comme lui!
    Et que sa chûte nous apprenne
Que, qui veut imiter les sottises d'autrui,
Finit presque toujours par en porter la peine.

TIEDGE.

58.

LA SOURIS.

Une souris, qui se croyoit,
Outre une grande expérience,
Beaucoup d'esprit et de prudence,
En farfouillant dans un buffet,
Parmi des pots de confiture,
Apperçut un morceau de lard
Qui sentoit encore la friture.
Certes, dit-elle, le hasard
N'a point de part à l'aventure :
Je gage que ceci cache une trahison ;
Qui sait ?.... peut-être du poison !
J'ai dans ce cabinet vu rôder la servante,
Et c'est encor sans doute un plat de sa façon,
Car je connois la méchante,
Et sais comme elle est contente,
Sitôt qu'une de nous lui tombe sous la main.
Mais le tour cette fois n'est pas assez malin.
Allez, Madame la rusée,

Vous ne vous êtes pas levée assez matin !

   Il faut être plus avisée

Et plus fine que vous, quand on veut m'attraper.

Après ce monologue elle alloit décamper :

    Une réflexion l'arrête.

    Après tout je serois bien bête

    Et bien dupe de m'en aller,

    Dit-elle, sans me régaler

    De cette odeur délicieuse !

Je ne vois pas à quoi cela peut m'exposer.

A coup sûr nul danger, nulle suite fâcheuse

    Ne m'oblige à me refuser

    Cette petite jouissance.

Tout en parlant ainsi, la voilà qui s'avance,

Flairant dabord de loin, puis pour mieux respirer,

    Et tout à l'aise savourer

    Ce doux parfum, cette ambroisie,

Elle y porte le nez. Tout à coup un ressort

Part et prend au museau. Madame l'étourdie,

    Sa vanité causa sa mort.

KAZNER.

59.

59.

LE LION ET LE RENARD.

—

Si tu savois tous les propos
Que l'âne se permet de tenir sur ton compte!
Dit un jour le renard au roi des animaux.
Oui-da! repartit l'autre, et qu'est-ce qu'il raconte?
Si tu l'as entendu, tu peux m'en faire part.
Je m'en garderai bien, reprit maître renard;
Tu pourrois te fâcher, et d'ailleurs j'aurois honte
De te le répéter. — Non, parle hardiment! —
    Quoi! tu le veux absolument! —
Je l'exige. — Eh bien donc, au dire de l'infâme,
Toutes les qualités que l'on admire en toi,
    Ton équité, ta bonne foi,
    Ton courage, ta grandeur d'âme,
Ne sont qu'une chimère, un mensonge inventé
Par de lâches flatteurs. Dans sa méchanceté,
    L'impertinent va jusqu'à dire
Que tu n'es qu'un barbare. A cette expression,

G

On assure, que le lion
Partit d'un grand éclat de rire ;
Puis ajouta : pauvre idiot,
Comment peux tu penser qu'un sot,
En un mot un baudet puisse me faire injure ?
Il faudroit tout au moins avoir perdu l'esprit,
Pour s'offenser de ce que dit
Une aussi vile créature.

60.

LE CHAT.

Un chat voyant dans un festin
Les convives, le verre en main,
Sabler et Champagne et Bourgogne,
S'écria : ces gens là n'ont guère de vergogne ?
Ils devroient bien en vérité
Prendre exemple sur moi, moi qui, pour tout breuvage,

Ne bois rien que de l'eau. Tu n'en es pas plus sage,
Dit un des assistans qui l'avoit écouté;
      Et quant à la sobriété
      Dont tu viens nous faire étalage,
      Apprends, Marouffle, que je puis,
Encor bien mieux que toi vanter ma tempérance,
      Car je ne mange en conscience
      Jamais de rats ni de souris.

Tel qui blâme en autrui, pour s'en faire un mérite
      Un vice ou quelque passion
Pour laquelle il ne sent nulle inclination,
      N'est à coup sûr qu'un hypocrite.

                              PFEFFEL.

61.

LE BROCHET.

Certain brochet présomptueux
Tomba dans un filet et fut assez heureux
Pour ronger une maille et faire une ouverture
Qui lui servit à s'échapper.
En songeant à son aventure,
Il juroit de ne plus se laisser attraper,
Et se moquoit de la figure
Que feroit le pêcheur, quand, au lieu d'un brochet,
Il verroit dans ses rêts le trou qu'il avoit fait.
Comme il s'abandonne à la joie,
Il croit à quelques pas voir un petit poisson.
S'élancer comme un trait, et fondre sur sa proie,
Fut le fait d'un instant, mais notre fanfaron
Fut pris comme un nigaud; c'étoit un hameçon.

PFEFFEL.

62.

LE PAYSAN ET LA FORTUNE.

Un pauvre paysan, tout en béchant la terre,
Invoquoit la fortune et, d'un ton douloureux,
La conjuroit de mettre un terme à sa misère.
La Déesse, bien loin d'être sourde à ses voeux,
Daigna sur le champ même exaucer sa prière.
    Le bonhomme trouve en béchant
    Un lingot d'or, mais il le prend
    Pour du vieux cuivre, et l'imbécille,
Voulant se décharger de ce poids inutile,
Le vend pour quelques sous au premier chaudronnier.
    Celui-ci savoit son métier ;
C'étoit un fin matois, qui voyant sa méprise,
N'en laissa rien paroître et prit la marchandise,
Pour lui faire plaisir, à ce qu'il lui jura.

    Nous en sommes tous logé là ;
Nous nous plaignons du sort, mais c'est une folie :
Il n'est personne à qui, dans le cours de sa vie,

Il n'ait vingt fois ou plus fourni l'occasion
   De changer de condition,
D'acquérir du crédit, un nom, de la richesse.
Est-ce sa faute à lui, si par stupidité,
   Par ignorance ou maladresse,
   Presqu'aucun n'en a profité.

GELLERT.

63.

LES VICES ET LE CHÂTIMENT.

Sortis de leur affreux repaire,
Les vices par le luxe attirés sur la terre,
Après avoir fixé leur séjour ici bas,
   Parcouroient leur nouveau domaine.
   On pouvoit sans beaucoup de peine
Reconnoître partout la trace de leurs pas.
   Avoient-ils traversé la plaine,
   L'herbe à l'instant se flétrissoit;
   Partout où leur bande passoit,
   Les arbres perdoient leur feuillage,

L'air de vapeurs s'épaississoit,
Le sol le plus fécond prenoit un air sauvage,
Et le chemin se remplissoit,
Aussitôt après leur passage,
D'insectes venimeux, de crapauds, de serpens,
De hiboux, d'oiseaux malfaisans,
Qui formoient leur cortège et marchoient à leur suite.
Un vieillard qui de loin observoit leur conduite,
Quoiqu'il parût marcher assez péniblement,
Les suivoit pas à pas : c'étoit le châtiment.
En se tournant, par aventure,
Si l'un d'eux le reconnoissoit,
Bien vîte il en avertissoit
Les autres, et la horde impure
Lui crioit, en doublant le pas ;
Tu crois nous attraper, mais tu ne nous tiens pas !
Allez, allez, maudite engeance !
Crioit à son tour le vieillard ;
Votre course et votre impudence
Ne vous sauveront pas, et quoique le hasard
Vous donne sur moi quelque avance,
Je vous rejoindrai tôt ou tard.

64.

LE PAYSAN QUI VOIT SA MAISON BRÛLER.

—

Une nuit qu'il faisoit grand froid,
Le feu prit dans une chaumière.
On fit, pour l'arrêter, tout ce qu'on pouvoit faire ;
Mais la flamme, gagnant le toît,
Rendit tout secours inutile.
A quoi bon s'échauffer la bile ?
Dit le maître de la maison :
Quand un malheur est sans remède,
Il faut se faire une raison.
Je perds tout ce que je possède ;
Mais puisque le hazard nous procure un bon feu,
Profitons en du moins, pour nous chauffer un peu,
En attendant qu'ailleurs je trouve quelque asile !
A ces mots, il s'assied, de l'air le plus tranquille,
Et se chauffe aux tisons. Ses amis le voyant
Prendre ainsi son parti, chacun en fit autant.

Plus d'un autre sans doute eût perdu le courage,

Se fut désespéré dans cette occasion.

Notre homme fut beaucoup plus sage,

Et prouva par son action,

La vérité de cet adage:

Que même le malheur à quelque chose est bon.

ZACHARIAE.

65.

LES HOMMES EXTRAORDINAIRES.

Après maint et maint voyage,

De retour à la maison,

Un habitant du Japon,

Se conformant à l'usage,

En faisoit aux curieux

Un récit très merveilleux.

On voyoit à chaque phrase,

L'étonnement, la stupeur

S'emparer de l'auditeur,

Et le tenir en extase.

Après, disoit le docteur,
Avoir, afin de m'instruire,
Parcouru le vaste empire
Nommé Monomotapa,
Puis être parti de là,
Pour observer les usages
Les mœurs et surtout les loix
Des hurons, des Iroquois,
J'abondonnai ces parages.
J'eus à souffrir, près d'un mois,
Des tempêtes, des orages,
Des ouragans, des naufrages,
Et faillis périr vingt fois.
A ces mots tous les visages
Exprimèrent la terreur.
Enfin, reprit l'orateur,
Pour rassurer l'assemblée
Prête à mourir de frayeur,
J'eus, malgré tout, le bonheur
D'achever ma traversée.
Le pays où j'arrivai,
Ainsi que j'ai dans la suite
Soigneusement observé,
Est assez bien cultivé;
Mais le peuple qui l'habite,

Je vous assure, mérite
Qu'on en fasse mention :
Aussi la description,
Qu'ici je vais vous en faire,
Obtiendra, comme j'espère,
Toute votre attention.
C'est, je crois, la nation
La plus extraordinaire
Que jamais l'on puisse voir.
Ils sont du matin au soir,
Vous aurez peine à le croire,
Sans rien manger ni rien boire,
Autour d'une table assis,
Les coudes sur un tapis,
Et se tenant la mâchoire.
C'est là qu'on les voit passer
Plus des trois quarts de leur vie.
Rien, pas même un incendie,
Ne sauroit les en chasser
Ni seulement les forcer
De regarder en arrière.
Quoiqu'ils n'aient aucune affaire
Ils ont l'air fort occupés.
Dans un silence farouche,
Il n'échappe de leur bouche

Que des mots entrecoupés.
Tout à coup, sans qu'on les touche
Ou qu'on les ait insultés,
Ils paroissent irrités,
Et d'un air épouvantable
Tournant la bouche et les yeux,
Ils frappent en furieux
A coups de poings sur la table.
Non, je n'oublierai jamais
Leurs gestes ni leur grimaces.
A chaque instant je voyois
Se succéder sur leurs faces
Le dépit et la terreur,
Le désespoir, la fureur.
La plus horrible peinture
Des trois filles de l'enfer,
Des démons, de Lucifer,
L'épouvantable figure
D'un brigand, d'un malheureux
Qu'on a mis à la torture,
Tout cela n'est, je vous jure,
Rien en comparaison d'eux.
Je serois pourtant bien aise,
Dit en frappant sur sa chaise,
Un des graves assistans,

De savoir de quoi ces gens
Ont l'âme ainsi tracassée.
Il me vient une pensée !....
Oui, ... c'est cela .... sûrement
Les soins du gouvernement,
Sa fortune, son bien être
Les occupent fortement !
Bah, cela ne peut pas être,
Interrompoit son voisin,
Et je suis presque certain
Qu'ils font entre eux la cabale.
Un autre vouloit prouver
Qu'ils s'occupoient de trouver
La pierre philosophale.
Pour moi, quand j'y réfléchis,
Disoit un Bonze, je pense
Qu'ils ont sur la conscience
Les péchés qu'ils ont commis,
Et qu'ils ont en font pénitence.
Moi je soutiens qu'ils sont fous,
Protestoit l'autre. Entre nous,
Dit le voyageur, c'est vous
Qu'on pourroit croire en délire.
Vos conjectures à tous,
N'ont, puisqu'il faut vous le dire,

Pas l'ombre du sens commun.

C'est simplement un usage

Qu'ils nomment dans leur langage:

„S'amuser au trente et un.“

LICHTWEHR.

66.

LE VIEUX LOUP.

Un loup déjà sur le retour,

  S'appercevant que sa cuisine

Diminuoit de jour en jour,

  Prévit que bientôt la famine

Lui joueroit quelque mauvais tour,

S'il ne la prévenoit. Il forme en conséquence

Un projet lumineux, du moins en apparence;

C'étoit de faire accroire aux bergers du canton,

Qu'il vouloit désormais en agir de façon

A vivre avec eux tous en bonne intelligence.

Or sans perdre de tems, il se met en chemin,

S'en va trouver le plus voisin,
Qui ne s'attendoit guère à pareille visite,
Et lui dit, d'un air hipocrite :
Je vous entends avec chagrin,
Vous tous bergers, tant que vous êtes,
Me prodiguer les épithètes
De sanguinaire, de glouton ;
Et vous ne songez pas, en me donnant ce nom,
A l'injure que vous me faites !
Quelque fois, à la vérité,
Quand la faim me talonne, et que pour m'en défendre,
Tout autre moyen m'est ôté,
Je suis à vos troupeaux obligé de m'en prendre ;
Mais ce n'est qu'à l'extrémité ;
Et la loi, dans ce cas, c'est la nécessité.
Charge toi de ma nourriture ;
Je suis, comme tu vois, d'un petit entretien,
Et tu n'auras, je te le jure,
Jamais à te plaindre de rien ;
Car, quoiqu'en dise ma figure,
Sitôt que j'ai le ventre plein,
Je suis l'être le plus humain,
La plus paisible créature,
L'animal le plus doux qui soit dans la nature.
Je le crois volontiers, répond le berger, mais

Par malheur, tu ne l'as jamais.
Qui dit avare et loup, dit gens insatiables;
    Ainsi va-t-en à tous les diables!

Ce berger, dit le loup, ne m'a pas l'air aisé;
Tâchons d'en trouver un qui soit moins avisé
En effet, de ce pas il s'en va chez un autre.
    Tu sais, lui dit le bon apôtre,
    Que si j'étois moins scrupuleux,
    Je pourrois t'étrangler sans peine
    Deux ou trois brebis par semaine:
    Nous ferons donc, si tu le veux,
Une convention, au moyen de laquelle,
Tu m'en donneras six, six par an seulement.
Qu'est-ce que six moutons? c'est une bagatelle!
.Tu peux après cela dormir tranquillement
Et renvoyer tes chiens. Tu me la donnes belle?
    Repart en riant le berger;
J'aurois aussitôt fait de te donner le reste. —
S'il ne tient qu'à cela, je veux, pour t'obliger,
Me contenter de cinq — Te voilà bien modeste!
Cinq moutons! mon ami, c'est tout ce que par an
    Je pourrois offrir au Dieu Pan. —
Allons, puisque c'est toi, j'en veux encor rabattre;
    Au lieu de cinq, donne m'en quatre!
                                    L'autre

L'autre branloit la tête. Eh bien, poursuit le loup,
Donne m'en trois...deux...un... Il faudroit être fou,
Dit le berger presqu'en colère,
Pour se rendre le tributaire
D'un ennemi, dont après tout,
Je puis me garantir en faisant bonne garde.
C'est s'amuser à la moutarde,
Que de parler raison avec cet homme là,
Dit à part soi le loup. En effet il s'en va.

Chemin faisant, il disoit en lui-même:
On prétend que le nombre trois
Porte bonheur; essayons une fois!
En parlant de la sorte, il va chez le troisième.
Berger, dit-il, en l'abordant,
Je viens, dans ma douleur profonde,
Me plaindre à toi, de ce que, dans le monde,
Vous me faites partout passer pour un brigand.
Vous connoissez, je vois, bien peu mon caractère.
Pour te convaincre du contraire,
Donne moi tous les ans une de tes brebis,
Rien qu'une, tu l'entends, et je te garantis,
Que jusqu'à tes agneaux, sans craindre aucun outrage!
Pourront courir le bois, rester au pâturage.
Tu ris! Berger, puis-je savoir de quoi? —
H

Oh! de rien; je songeois.... Mais, à propos, dis moi,
Quel âge as-tu? — Quel âge? on diroit que la chose
     T'importe! assez vieux toutefois,
Pour que peut-être un jour tu t'en mordes les doigts,
Si tu n'acceptes pas ce que je te propose.
Tout deux! dit le berger; vas-tu pas, vieux cafard,
Te trouver offensé de ce que j'ose rire?
     Au surplus je voulois te dire
     Que tu t'y prends un peu trop tard.
     Tu voudrois user d'artifice,
Pour vivre sans danger, sans peine à mes dépens;
Mais ces chicots usés, qui te servent de dents,
Trahissent malgré toi ta fourbe et ta malice.
     Messire loup un peu honteux,
     N'en demande pas davantage,
Et part en maudissant ce berger cauteleux
     Qui lui souhaite un bon voyage.
     Il trottoit assez tristement,
     Quand tout à coup il s'en rappelle
     Un autre dont le chien fidèle
     Etoit mort tout nouvellement.
     L'occasion étoit trop belle,
     Pour ne pas la mettre à profit;
Il va donc sur le champ le trouver et lui dit:
Berger, je viens t'apprendre une bonne nouvelle!

Mes confrères et moi venons de nous brouiller,
        Au point que jamais de ma vie,
Je ne veux avec eux me reconcilier,
        Ni rentrer dans leur compagnie.
        Tu connois leur méchanceté;
Tu sais ce que tu dois craindre de leur audace;
Ton chien vient de mourir, à ce qu'on m'a conté;
Je viens te proposer de me prendre à sa place.
Sois sûr que je saurai, si nous nous arrangeons,
        Les tenir à distance honnête;
        Et je te réponds sur ma tête,
Qu'ils ne lorgneront pas un seul de tes moutons.
Ainsi, dit le berger, tu prendras leur défense
Envers et contre tous?—Sans doute—En conscience,
C'est bien beau de ta part; mais, entre nous, dis-moi:
        Qui les défendra contre toi?
        Contracter pareille alliance
        Avec un insigne larron,
Lui confier son bien, l'avoir dans sa maison,
C'est ce que nous nommons chez nous...Je te dispense,
        Lui dit l'autre, en l'interrompant,
        De poursuivre, car on m'attend,
Et je n'ai pas le tems d'écouter ta morale.
Adieu donc, au revoir! à ces mots il détale,
        Et gagne au pied le long des champs.

H 2

Pourquoi suis-je si vieux ! disoit entre ses dents,
Le loup qui commençoit à perdre l'espérance
De voir pour lui tourner la chance ;
Mais il faut, par malheur, s'accomoder au tems !
Tout en raisonnant de la sorte,
Il apperçoit de loin un berger sur sa porte.
Doublons le pas ! dit-il ; peut-être celui-ci
Est l'homme qu'il me faut. A peine il a fini,
Qu'il est à deux pas de la hutte.
Me connois-tu, berger ? C'est ainsi qu'il débute.
Je n'en jurerois pas, répond l'autre ; au surplus
Tes pareils, Dieu-merci, me sont assez connus,
Pour savoir à qui je m'adresse.
Mes pareils ! dit le loup, permets moi d'en douter ;
Je crois que je puis me flatter
D'être le seul de mon espèce :
Car en effet je n'ai des loups
Rien que l'écorce et la figure ;
Et si vous connoissiez les principes, les goûts,
Que j'ai reçus de la nature,
Je puis te l'assurer, vous me chéririez tous.
Tu vas croire que je me vante,
Et c'est pourtant la vérité :
J'aimerois mieux me voir à toute extrémité,
Que de jamais toucher créature vivante.

Est-elle morte, alors c'est tout un autre cas;
    Je ne m'en fais point de scrupule;
    Et toi-même, tu m'avoueras
Qu'en agir autrement, ce seroit ridicule.
Si tu le permets donc, je veux de tems en tems
    A tes moutons rendre visite,
Pour savoir si quelqu'un n'auroit point... Je t'entends
Interrompt le berger; mais tu vas un peu vite!
    Jamais un mangeur de brebis,
    Morte ou vivante, peu m'importe,
Ne peut, je t'en préviens, être de mes amis;
    Car quand la faim seroit trop forte,
    Je craindrois qu'il ne prît pour morte
    La première qui par hasard
    Lui sembleroit un peu malade:
    Ainsi, crois moi, mon camarade,
    Cherche des dupes autre-part!

Je vois bien, dit le loup, en reprenant sa course,
Qu'il est tems d'employer ma dernière ressource.
J'en ai déja vu cinq... Comme il disoit ces mots,
    Le sixième par aventure
S'offre sur son chemin. Il vient fort à propos,
Dit tout bas le compère; offrons lui ma fourrure!
    Berger, dit-il en l'accostant,

Comment trouves-tu ma pelisse?
Ta pelisse? dit l'autre, en le reconnoissant,
   Et se doutant de la malice;
   Laisse moi voir d'un peu plus près!
Je ne l'aurois pas cru! c'est que vraiment elle est
   Pour ainsi dire toute neuve!
Je t'en fais compliment, car c'est aussi la preuve
   Que tu n'as jamais eu beaucoup
Affaire aux chiens. Eh bien, reprend le loup,
Tu vois que je suis vieux, je ne puis à mon âge
   Me flatter de vivre longtems;
   Ainsi j'en ferai peu d'usage.
   Nourris moi, pour le peu de tems
Que j'ai sans doute encore à rester sur la terre,
Et tu peux être sûr que dans mon testament:...
Holà! dit le berger, voilà tout justement
   Comme parlent les vieux avares;
   Mais ces ruses ne sont pas rares,
Et nous les connoissons. Ta pelisse, mon cher,
Pourroit bien à la fin me coûter un peu cher.
   Si donc tu n'avois d'autre vue,
   Que de m'en faire le présent!
   Donne la moi dès à présent.
   A ces mots levant sa massue,
Il va pour l'assommer. Heureusement le loup

Qui s'est apperçu de son geste,
Esquive adroitement le coup,
Et prenant, comme on dit, ses jambes à son cou,
Se sauve à travers champs, sans attendre son reste.

Ce dernier traitement l'avoit mis hors de lui.
Voilà bien, disoit-il, les hommes d'aujourd'hui!
Cette race que je déteste
Auroit pu m'avoir pour ami!
Ils ne l'ont pas voulu… soit… en parlant ainsi,
Il court en furieux vers le prochain village,
Déchire à coups de dents enfans, chiens et moutons
Qui se trouvent sur son passage;
Pousse des hurlemens; entre dans les maisons;
Culbute et brise tout. Dans l'excès de sa rage
Il en eût fait bien davantage,
Si tous les habitans, au tumulte accourus,
N'étoient à la fin parvenus
A faire en l'assommant cesser tout ce ravage.

Quand après le premier effroi
Les bergers accourus, ainsi que tout le reste,
Purent réfléchir de sang froid
Sur cet évènement funeste,
Le plus sage d'entr'eux dit: nous avons eu tort

De mettre au désespoir ce vaurien dont la mort

Ne sauroit réparer le mal qu'il vient de faire.

Si nous nous y fussions pris d'une autre manière,

Qui sait ? peut-être encore eût on pu réussir,

Sinon à corriger, du moins à contenir

    Un si féroce caractère.

Nos malheurs, en tous cas, ne seroient pas si grands.

C'étoit bien raisonner, mais il n'étoit plus tems.

LESSING.

F I N.

A LUBECK,

de l'imprimerie de J. H. BORCHERS.

TABLE ALPHABÉTIQUE
DES FABLES,

CONTENUES DANS CET OUVRAGE.

—

FIN DE LA TABLE.

ERRATA.

Page 62. fable 44. Aréonautes, lisez: *Aéronautes.*
Page 63. ligne 3. il se vit, lisez: *il se voit.*